Aquele que Ouve a Voz do Coração

Suelen Reinert

Copyright©2019 por Suelen Reinert
Todos os direitos reservados por: Suelen Reinert
Rua Martin Kaiser, 11 - Abranches
Curitiba/Paraná CEP 82130-380 - Curitiba - Paraná - Brasil
+55(41)99724-0745
Capa/Ilustrações:
Rogério Proença
Revisão:
Priscila Aguiar Laranjeira
Projeto gráfico e editoração:
Rogério Proença
Impressão e acabamento:
Gráfica Exklusiva

Dados Internacionais de Catalogação na Publicação (CIP)

REINERT, SUELEN,

Curitiba, Suelen Kuster Camargo Reinert Vieira,
Aquele que Ouve a Voz do Coração

Código: NL531 • ISBN – 978-65-5350-197-3
16x23cm - 128 pags.

1. Ficção   2. Literatura Infanto-Juvenil

CDD – 813

1ª Edição: Novembro / 2019.
2ª Edição: Novembro / 2022.

Proibida a reprodução total ou parcial,
por quaisquer meios a não ser em citações breves,
com indicação da fonte.

Aquele que Ouve a Voz do Coração não pode ser caracterizada como mais uma obra de literatura. Nem tão pouco destinada estritamente ao público infanto-juvenil. Suelen Reinert, dotada de intensa doçura e sensibilidade – traços que definem sua personalidade -, resgata a importância de se priorizar o SER em vez do TER. Desafia o leitor a labutar por condutas sublimes, como a humildade, sinceridade, honestidade, valorização e respeito ao próximo.

A trajetória pessoal da autora revela uma história de descoberta de si, resiliência e superação, impactando da criança ao idoso. O enfrentamento de situações de bullying inspira o leitor a protestar diante de qualquer violência, estando na figura da vítima, do expectador, ou ainda, do próprio agressor.

Embebida de muita arte, seja pela leveza da escrita, beleza das ilustrações e qualidade musical, Aquele que Ouve a Voz do Coração apresenta temas cruciais à existência humana.

É uma obra a ser adotada para leitura entre pais e filhos, professores e alunos. Com especial destaque, tem o potencial de embasar propostas pedagógicas. Sendo a escola um ambiente que extrapola o compartilhamento dos saberes historicamente acumulados e tendo um papel singular para estabelecimento dos valores de uma geração, Aquele que Ouve a Voz do Coração traz em si a possibilidade de sustentar ações para promoção de pessoas virtuosas e contribuir para uma construção de cultura de alteridade e de relações humanas saudáveis.

A obra Aquele que Ouve a Voz do Coração evidencia o valor do ser humano e de suas escolhas, na qual o bem vence o mal e isso não é uma mera representação.

Com amor e admiração,

Dr.ª Karina Paludo
Doutora e Mestre em Educação, Neuropsicopedagoga, Especialista em Educação Especial e Inclusiva, Pedagoga.

APRESENTAÇÃO

Oh my Goood! Conseguir finalizar um projeto como esse após 10 anos é uma conquista! Acredito ter realizado um dos maiores sonhos da minha vida! E ele está bem aí em suas mãos, espero que esteja com o "paladar bem aguçado" para provar de uma história cheia de emoções, música e cores.

Demorei dois anos para escrever e compor a maioria das músicas. Mas assim como a pausa na música é algo importantíssimo, a pausa veio a ser para mim a espera pelo tempo certo de se voltar a "tocar" esse projeto.

Nesse último ano que se passou as coisas simplesmente desabrocharam, o simples fato de ter algumas tentativas frustradas em relação as ilustrações me fez tentar esboçar alguns desenhos que você vai visualizar. Em cada etapa desse material foi um processo de superação e de descobertas de coisas que eu não imaginava que poderia fazer.

Em especial, neste último ano fui apresentada para uma das pessoas mais fabulosas na música que eu já conheci, Filipe Beyer, um arranjador exímio que vai fazer você ter orgulho de mim. Fala sério! Esses créditos são apenas dele!

Nessa trajetória tive a alegria de encontrar os mais incríveis personagens através das mais lindas vozes dos meus amigos. Você vai perceber, eles detonam!

"Aquele que Ouve a Voz do Coração". As pessoas em sua maioria buscam posições de destaque, ambições que muitas vezes estão acima de seus princípios. Uma mentirinha para conseguir algo, sentimentos ocultos, enfim, coisas escondidas. Já imaginou que incrível seria se fosse revelado a intenção de cada pessoa, sem que ela conseguisse esconder. Na verdade, gostaria muito que isso fosse real, todos sendo obrigados a serem honestos e sinceros. Fazendo-se perceber quem de fato é. Acabaríamos com a corrupção e muitas mentiras.

A ideia de um rei dotado de poderes, que literalmente revela a todos pensamentos e intenções através da música fala fundo ao meu coração.

Será como abrir um sepulcro caiado ou um favo de mel. E eu em seu lugar, ficaria muito curioso para saber para onde essa história vai nos levar !

O Bullying

É comum observarmos fragmentos de um livro serem um reflexo da vida do autor. E aqui não é diferente, um espelho em minha frente reflete o passado envoltos em um lindo conto só que em uma roupagem mais antiga, camuflados em personagens.

Muitas vezes a dor de um passado forja e amadurece o caráter fazendo crescer a empatia e a gentileza. Ao meu ver faz com que a vítima se torne justiceiro do bem! Projetando no outro a proteção que não recebeu.

Apesar disso parecer nobre, o *bullying* não deixa de ser um crime, nas escolas, ou em qualquer outro lugar. Esse assunto precisa ser levado muito a sério. A vítima, seja criança, jovem ou adulto, se sente muitas vezes coagido, anestesiado, culpado, ameaçado, refém e até amedrontado em buscar ajuda.

Existem leis que defendem e protegem as vítimas desse crime. Denuncie!

Boa leitura!

Anestesiada

Humilhada

Refém

Ameaçada

Agredida moralmente

Angustiada

Triste

Coagida

Culpada injustamente

Agredida fisicamente

Amedrontada

Ridicularizada

Se abra com alguém...

Sumário

Análise Pedagógica _____ 03
Apresentação _____ 05
Sumário _____ 10
Índice de Musicas _____ 11
Sinopse _____ 12
Agradecimentos _____ 13

Capítulo 1 - O Comunicado Real _____ 16

Capítulo 2 - O Livro da Vida _____ 32

Capítulo 3 - Confabulando _____ 48

Capítulo 4 - O Cortejo Musical _____ 54

Capítulo 5 - Tinta e Decepção _____ 68

Capítulo 6 - O Peito de Frango _____ 76

Capítulo 7 - A Grande Audição _____ 88

Índice de Músicas

1: Comunicado Real - 26
2: Você Não Pode! -40
3: Santo - 58
4: Fiel Amigo - 65
5: Desossando o Frango - 82
6: The Best - 100
7: Ganância - 104
8: Fogo Puro - 110
9: Aquele Que Sonda os Corações -114

Agradecimento

Ao meu maior inspirador, meu Deus, que nas madrugadas me acordava com "insônias cheias de criatividade" e com uma mente extremamente fértil para escrever por horas. Digo que Ele é o autor e eu apenas a coautora desta obra. Lembro-me que, por muitas vezes, despertei quase podendo ouvir as músicas e vendo as cenas à minha frente. Eu só precisava correr para escrever e não perder nenhum detalhe. Por motivos diversos não encontrei um ilustrador e "como eu queria ilustrações!". Então tive a ideia de tentar esboçar algo. Como você poderá visualizar, esses foram os meus primeiros desenhos.

À Gabriela Dal Toé que no ano de 2011 me incentivou um bocado. Ela vinha à minha casa às quartas-feiras à noite para um café e para lermos o livro, além de uma boa companhia e uma amiga, fazia questão de entrar comigo no «Vale dos Lírios» para que visualizássemos melhor as cenas e sentíssemos cada personagem. As dores de Valentina, o humor sagaz de Heitor e os conselhos sábios de Dona Zelma. Muito obrigada, Gabai!

Não posso deixar de citar meu lindo esposo Carlos Nápoli Vieira, sempre me impulsionando e sustentando minhas loucuras. Desde muito pequena era dotada de limitações para ler e escrever pelo diagnóstico de déficit de atenção, em razão disso eu escrevia pouco e chegava a ler vinte vezes o mesmo parágrafo. Não deixava ninguém ler meus textos, a menos que fosse obrigada, é claro. Mas, um dia resolvi mostrar algumas escritas para o meu futuro esposo, na época. Foi quando ele começou a me incentivar a não parar de escrever. Carlinhos, você não é apenas um excelente músico e pastor em nossa igreja, mas um esposo maravilhoso e um pai singular para nossas preciosas gêmeas Alice e Ana.

Sou grata a Deus por me ajudar a conquistar cada detalhe desse grande sonho e ver este trabalho concretizado.

Capítulo 1

O Comunicado Real

Silenciosamente, os misteriosos indivíduos caminhavam pelas ruas da pequena cidade de Vale dos Lírios, parando em pequenos intervalos de tempo, a fim de fixarem comunicados importantes em diversos lugares sobre um evento da realeza, para que os moradores os vissem assim que se tornasse dia. Coisas como esta nunca haviam acontecido no vilarejo, levando em conta que se tratava de mensageiros reais trabalhando em plena madrugada cinzenta e nuviosa. Porém, assim que os primeiros raios de luz atingiram o topo das árvores e as montanhas que circundam a cidade foram iluminadas pelo sol, um bando de pássaros, com o canto gostoso do despertar, entoaram o som da manhã. Num piscar de olhos já não era mais possível ver quaisquer sinais dos mensageiros do Rei.

De longe, podia-se ouvir os comerciantes vindos de todos os lados, preparando-se para a tradicional feira da manhã. O familiar som das carroças aumentava à medida que se aproximavam do centrinho. As carroças vinham cheias de laranjas, tomates, abóboras, rabanetes e de todos os legumes da região. Dona Antônia caminhava com pressa junto de seus quatro filhos, mal podendo segurar os grandes rolos de tecido. Já Seu Verner trazia uma pilha de livros com cuidado sobre uma singela carretinha de madeira.

Era possível observar crianças correndo por toda parte, patos e galinhas atrapalhando a passagem dos pedestres e alguns homens armando tendas de pano. Uma delas em especial para a dona da padaria com seus pães e os mais variados sabores de tortas. O que parecia um simples ajuntamento, começava, agora, a se tornar o cenário mais agitado que se teve notícia no pacato vilarejo. Pessoas vendem, compram, trocam, divertem-se com jogos, crianças brincam e correm umas atrás das outras.

Não demorou muito para que todos percebessem que existia algo diferente no ar naquela manhã. Os comunicados reais estavam à vista de todos os que vinham para participar da feira e anunciavam a vinda do Rei e de sua comitiva para a cidade. Informavam que o Rei estava à procura de vozes que agradassem ao seu coração e aos seus ouvidos.

— Bom dia! - diz o Sr. Verner.

— Bom dia! - responde o verdureiro.

— Olhem! Cartazes espalhados por todos os lados! - falavam as crianças entusiasmadas.

— As laranjas estão com um preço especial hoje, senhorita! – insiste o verdureiro para iniciar uma conversa.

Atenta ao burburinho das crianças, a moça se vira e nem ouve direito o que ele havia dito:

— Ah, ouça! As crianças têm razão, volto logo... O que está acontecendo ali? - diz a jovem com curiosidade.

Alarmados, percebendo que era um anúncio real, aglomeravam-se em pequenos grupos para saberem mais notícias sobre o que estava escrito nos comunicados.

As perguntas dos moradores se confundiam na curiosidade, alvoroço e aglomeração.

— Veja, teremos a visita do Rei. – Diga logo! O que mais está escrito?

— Deixe-me ver!

— Uma grande festa de Natal e ainda terá um banquete! Nunca tivemos algo assim!

— Que nobre! Só podia vir da realeza.

— Alguém leia em voz alta, por favor! – grita um desesperado em meio ao tumulto de falas e espantos.

— Aqui diz: "A Grande Audição: quem agradará aos ouvidos e ao coração do Rei?"

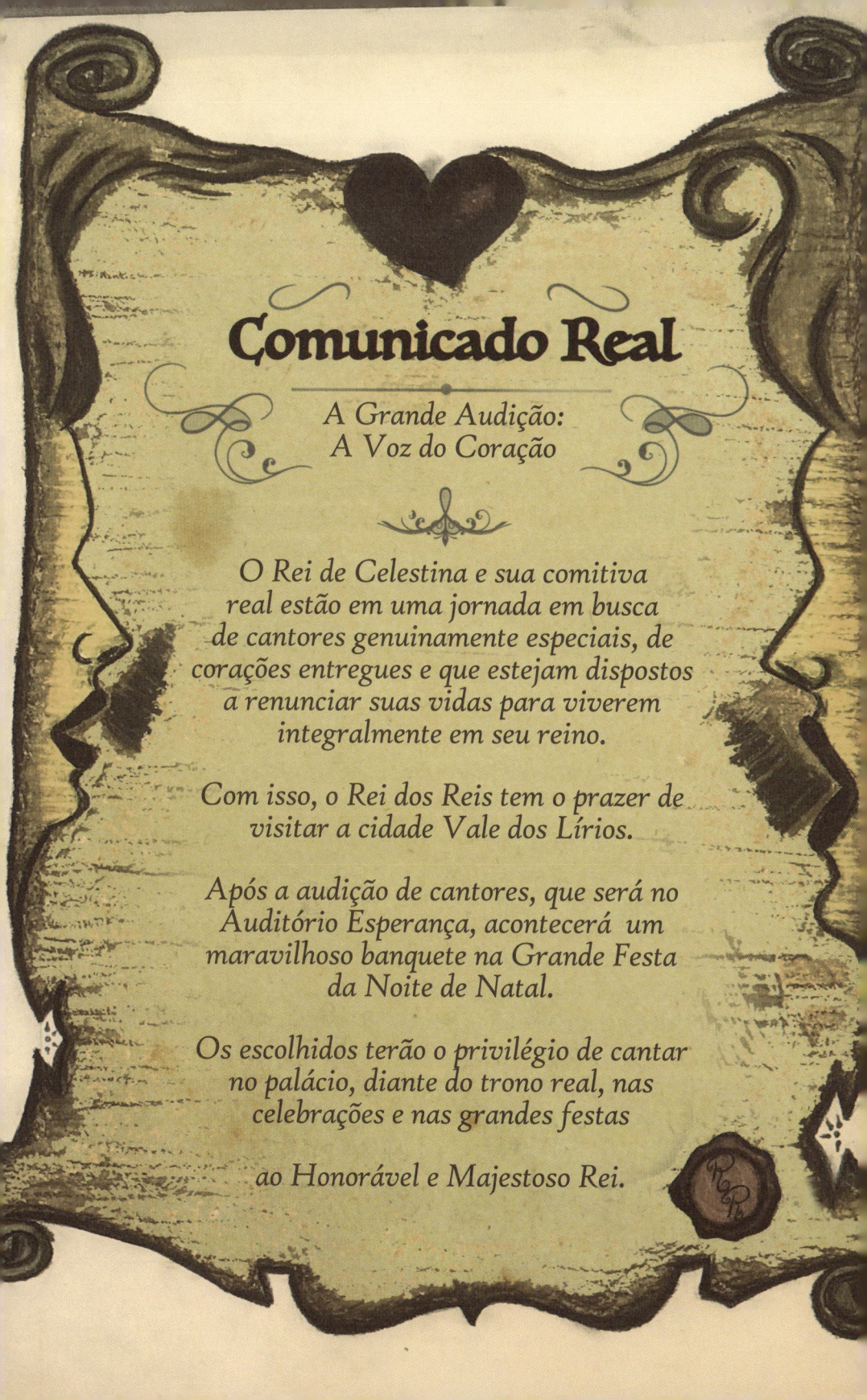

Comunicado Real

A Grande Audição:
A Voz do Coração

O Rei de Celestina e sua comitiva real estão em uma jornada em busca de cantores genuinamente especiais, de corações entregues e que estejam dispostos a renunciar suas vidas para viverem integralmente em seu reino.

Com isso, o Rei dos Reis tem o prazer de visitar a cidade Vale dos Lírios.

Após a audição de cantores, que será no Auditório Esperança, acontecerá um maravilhoso banquete na Grande Festa da Noite de Natal.

Os escolhidos terão o privilégio de cantar no palácio, diante do trono real, nas celebrações e nas grandes festas

ao Honorável e Majestoso Rei.

Em meio a tanta gente, destacava-se uma moça com o nome de Valentina. A menina, albina, era desprovida de pigmentação da pele e dos cabelos longos e ondulados. Dona de um olhar penetrante, seus cílios brancos e alongados pareciam pequeninas penugens de um cisne. E o que falar de sua voz? De uma doçura inigualável, fazia com que qualquer um se silenciasse para ouvi-la cantar. Valentina podia ser representada como uma obra de arte, seu estereótipo exalava pureza e beleza.

A jovem vivia com sua avó Zelma, em uma velha e torta casa de madeira. Casa de gente simples, mas ainda assim, um ambiente aconchegante com antigos móveis e com um antigo papel de parede floral, além do delicioso cheiro do bolo de baunilha que Dona Zelma nunca deixava faltar. Toda vez que Valentina sentia o aroma de baunilha no ar, no mesmo instante, era capaz de imaginar sua vó encurvada tirando o bolo do forno.

Para alguns, Valentina aparentava fragilidade em razão de seus traços e notável delicadeza, mas, na verdade, ela era alguém de punho firme. Adestrada pela vida, ainda muito cedo havia perdido a mãe. Ela aprendeu a trabalhar com sua avó na arte da costura, e juntas, lutavam lado a lado, para colocarem comida na mesa e manter a vida com os compromissos em dia.

O viver de Valentina não era fácil, pois crescia sem bajulações e regalias, e assim, nela se forjou um coração valente, mas, ao mesmo tempo, cheio de amor. Os princípios e valores ensinados por sua avó fizeram toda a diferença. Ela crescia não só em estatura, mas amadurecia em seu espírito como alguém que aprendeu a depender e a esperar em Deus, o Grande Provedor.

Diante de sua rotina árdua, porém não menos prazerosa, a moça se dirigiu naquela manhã à feira, como fazia costumeiramente. No momento em que Valentina estava chegando à agitada feira com seu cesto de entregas de costura, percebeu um certo tumulto,

então, dirigiu-se curiosa até João, que corria com um dos comunicados na mão. Nisso, Valentina o chamou:

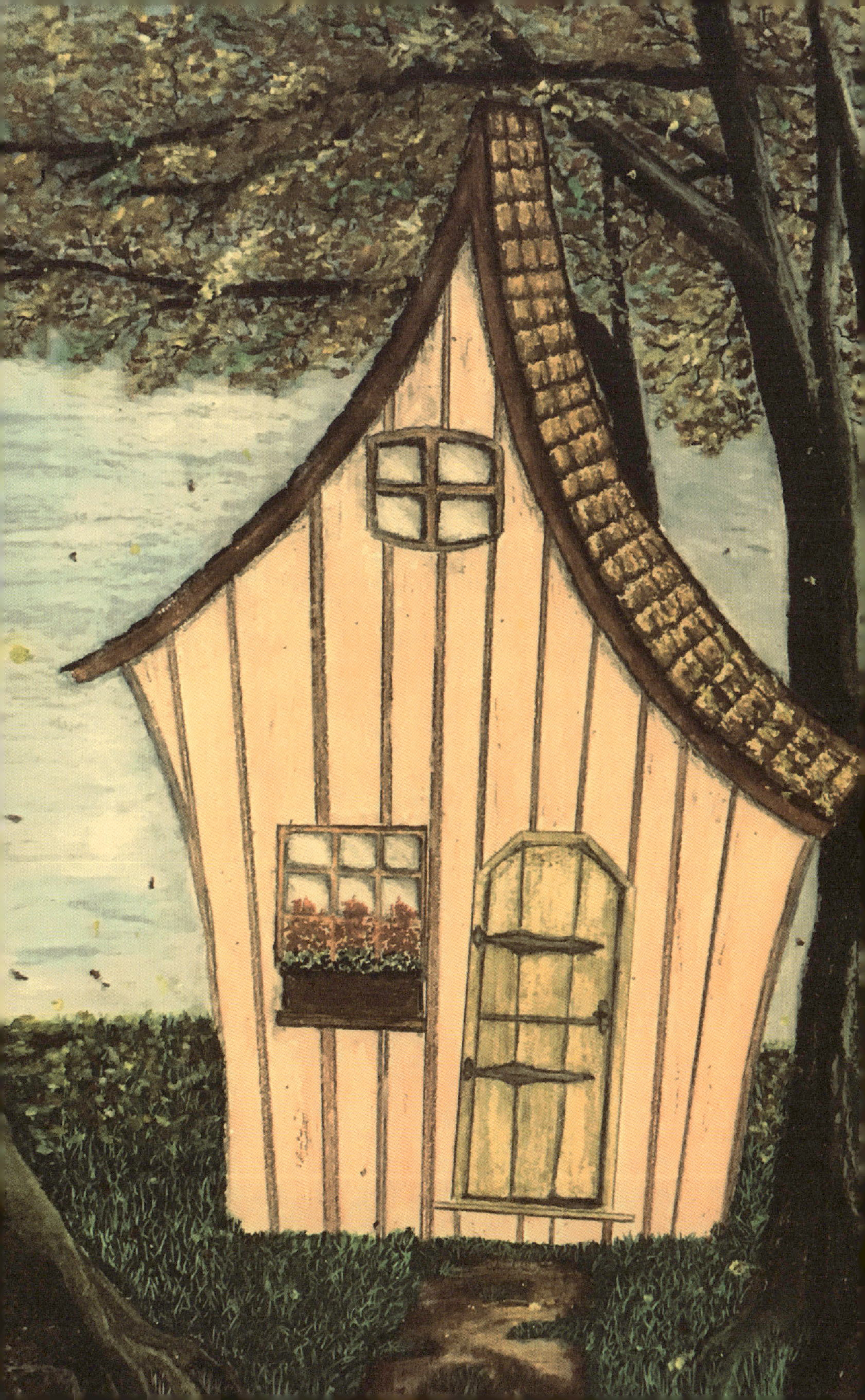

– João, o que está acontecendo?
– Há comunicados por todo o vilarejo! Estão anunciando uma audição de cantores para escolher aquele que cantará no palácio do Rei. Imagine só que maravilha! - respondeu o moço entusiasmado.
– Posso ver esse comunicado?
– Pode sim! Veja isso, Valentina!
– Obrigada, João!

A garota segura com as duas mãos o comunicado e sai caminhando sem rumo, não acreditando no que lia. O barulho e o tumulto da feira foram ficando para trás à medida que ela se concentrava nas letras do comunicado.

Diante dos seus olhos, Valentina contemplava a esperança de algo novo. A ideia de morar em Celestina e ainda de ter o privilégio de ser uma cantora real falava fundo ao seu coração enquanto lia em voz baixa:

– A grande audição: a voz do coração...

Música 1
Comunicado Real

Nessa manhã,
Tão sem igual,
Com um perfume de mirra no ar,
Até parece que alguém deixou
Um recadinho que veio do céu,

Nessa cidade tão desolada,
A esperança tomou conta do ar.
Todos cantarão e também dançarão
na grande festa que irá acontecer,

Que alegria! Que lindo dia!
Todos nós esperamos algo novo acontecer

Quem sabe eu possa ser
A tal cantora escolhida,
E cantarei com o coração,

Que alegria, que lindo dia,
Todos nós esperamos algo novo acontecer

Comunicado Real

Nº 1

COMPOSIÇÃO
Suelen Reinert

ARRANJO
Filipe Beyer

♩ = 98

(Lyrics under the staves:)

Nes-sa ma-nhã tão sem i-gual, com um per-fu-me de mir-ra no ar, a-té pa-re-ce que=al-guém dei-xou um re-ca-di-nho que ve-io do céu. Nes-sa ci-da-de tão de-so-la-da a es-pe-ran-ça to-mou con-ta do ar. To-dos can-ta-rão e tam-bém dan-ça-rão na gran-de fes-ta que i-rá a-con-te-cer. Que a-le-gri-a, que lin-do di-a, to-dos nós es-pe-ra-mos al-go no-vo=a-con-te-cer. To-dos can-ta-rão e tam-bém dan-ça-rão na gran-de fes-ta que i-rá a-con-te-

RALL. ACCEL.

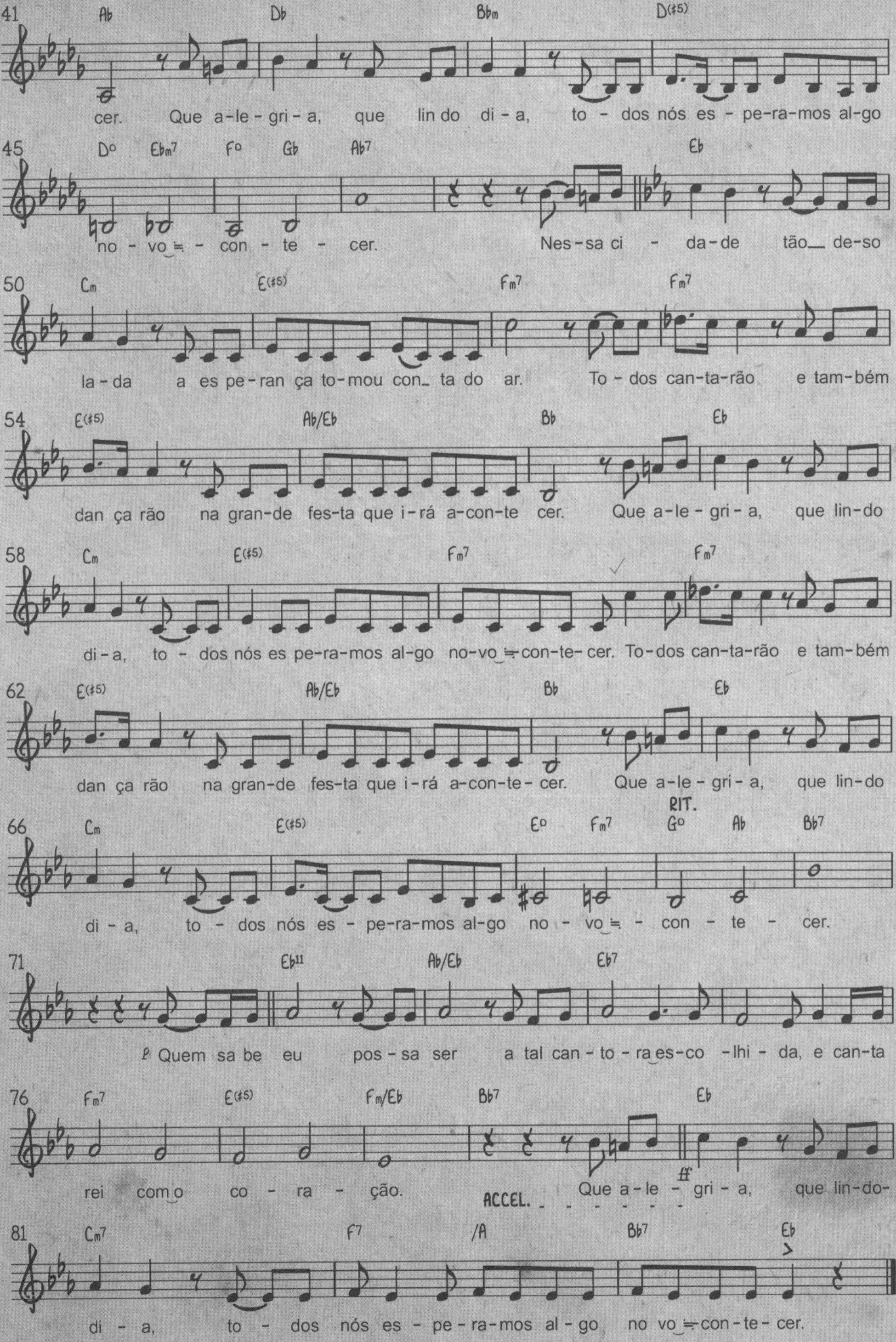

41 Ab Db Bbm D(#5)
cer. Que a-le-gri-a, que lin do di-a, to-dos nós es-pe-ra-mos al-go
45 Dº Ebm7 Fº Gb Ab7 Eb
no-vo = - con-te-cer. Nes-sa ci-da-de tão_ de-so
50 Cm E(#5) Fm7 Fm7
la-da a es pe-ran ça to-mou con_ ta do ar. To-dos can-ta-rão e tam-bém
54 E(#5) Ab/Eb Bb Eb
dan ça rão na gran-de fes-ta que i-rá a-con-te cer. Que a-le-gri-a, que lin-do
58 Cm E(#5) Fm7 Fm7
di-a, to-dos nós es pe-ra-mos al-go no-vo = con-te-cer. To-dos can-ta-rão e tam-bém
62 E(#5) Ab/Eb Bb Eb
dan ça rão na gran-de fes-ta que i-rá a-con-te-cer. Que a-le-gri-a, que lin-do
RIT.
66 Cm E(#5) Eº Fm7 Gº Ab Bb7
di-a, to-dos nós es-pe-ra-mos al-go no-vo = - con-te-cer.
71 Eb11 Ab/Eb Eb7
Quem sa be eu pos-sa ser a tal can-to-ra es-co-lhi-da, e can-ta
76 Fm7 E(#5) Fm/Eb Bb7 Eb
rei com o co-ra-ção. Que a-le-gri-a, que lin-do-
ff
ACCEL.
81 Cm7 F7 /A Bb7 Eb
di-a, to-dos nós es-pe-ra-mos al-go no vo = con-te-cer.

Com uma alegria inexplicável, Valentina, depois de um profundo suspiro, sente-se inspirada, agora movida pela vontade de viver esse sonho. Esperançosa e com olhos vivificados pela emoção que sentia, a menina volta a fazer as entregas de costura.

– *La lechera más rica del Vale dos Lírios!* - Gritava a senhora latina sempre tão escandalosa.

Do outro lado da rua, Heitor, o açougueiro, falava energicamente com aqueles que transitavam ao seu redor:

– Preço promocional da carne bovina! - fincando sua faca afiada na tábua de carne.

– Tomates frescos, pessoal! - diz o verdureiro.

– Olá! - Fala a senhora passando a mão na cabeça da criança eufórica.

– Pão quentinho saindo!

Ao avistar Valentina circulando pela feira, o esguio e articuloso Heitor parecia não agradar muito as crianças que brincavam por ali, pois seu jeito meticuloso e truculento mais afastava que aproximava pessoas. Afiando sua preciosa faca, ele deixa sair uma voz levemente aguda, chamando pela jovem moça:

– Querida Valentina!

– Bom dia, Heitor.

– Como anda a vida? Parece contente... O que houve?

– Todos nós esperamos algo novo acontecer, não é mesmo? – diz a moça com certa indiferença.

– Com certeza... - responde Heitor, cortando um pedaço de carne.

Um tanto atrapalhada, ansiosa em se livrar das perguntas de Heitor, Valentina avista e se dirige ao seu companheiro e grande amigo Concatino, mais conhecido como Conca.

– *Oooi*, Conca, escute isso. Você viu a grande novidade?

– Oi, Tina, vi sim! Está interessada? – pergunta o amigo com um grande sorriso.

– Siiiimmm! Veja, aqui no comunicado diz que os escolhidos cantarão diante do trono do Rei e que todos estão convidados para

Festa de Natal onde acontecerá a audição. Ah, parece um sonho! Ainda bem que minha vó e eu trabalhamos no ramo de costuras. Mas que tipo de vestimentas as pessoas devem usar para se apresentar diante de um rei?

— Eu não sei, mas tenho uma capa que te cairia bem. O que acha?

— Ha, ha, ha!

— Deixa-me ler uma coisa. O nome do concurso é A VOZ DO CORAÇÃO.

Concatino, ironicamente, coloca o braço em volta dela, abraçando-a. Porém, Valentina responde tirando o braço dele com as pontas dos dedos.

— Tenha modos, Concatino.

— E por que então a voz do coração? Por que teria esse nome? *Quem* poderia ouvir a voz do coração?

— Não sei, não. Penso que a pessoa tem que cantar com a alma, desenhar cada melodia como se fosse uma linda pintura. Consegue imaginar?

— Foi longe agora, hein? Mas sabe, você deveria cantar! – fala o rapaz dando uma leve cotoveladinha na amiga.

— Hum... É? Acha mesmo?

— Certamente, minha querida.

— Imagina, Conca! Cantar para um Rei! Seria perfeito!

— Ouvi rumores de que nunca houve um Rei como ele, que reina com bondade e misericórdia.

— E que o castelo de Celestina tem o maior e mais lindo jardim do mundo. E, por que será que um Rei tão poderoso como Ele abriria mão de estar em Seu trono para viajar por tantos vilarejos apenas para escolher cantores reais? O Rei dos Reis, como o chamam, deve ter um gosto muito peculiar e talvez até queira escolher por Ele mesmo. - diz a moça concentrada e com olhar de sonhadora.

— Pode até ser, deve ser o seu *hobby*, escolher as mais lindas vozes deste mundo, Ele deve ter grandes corais e uma orquestra enorme. - responde Conca.

Valentina e Conca poderiam passar horas falando e pensando sobre Celestina, porém, Dona Zelma aparece de surpresa e interrompe a conversa:

– Sim, com certeza deve ser maravilhoso, mas hoje temos muitas entregas de costura. Ah, Valentina, por favor, não esqueça as roupas que estão dobradas em cima da mesa de costura.

– Pode deixar, vó.

– Tenho que ir, Conca, até! – despediu-se a menina do amigo.

– Até mais, bela cantora!

Capítulo 2

O livro da vida

Sempre muito amável com Valentina, essa era Dona Zelma. Uma típica avó dos contos de fada, ela tinha os cabelos já brancos e não passava de um metro e meio de altura. Usualmente com seus vestidos bem desenhados, mesmo sob o efeito do tempo em sua silhueta, tudo que vestia lhe caía muito bem. Ela também usava um par de óculos de pontinhas delicadas. Vó Zelma procurava educar Valentina com valores e princípios.

Desde muito pequena, quando Valentina tinha quatro anos e sua mãe adoecera, a avó em todo o tempo educou e cuidou da neta, além de ter prazer em preparar as melhores refeições, mesmo com os poucos recursos que tinha. Fazia muitas vezes coisas fora de seu alcance porque a neta era seu sol. E, agora, a amorosa senhora havia preparado uma surpresa para Valentina, uma encomenda com o livreiro, pois o livro viria de navio de outro lugar.

Para buscar o presente, Dona Zelma incumbiu a neta de entregar as encomendas de costura e, mais que depressa, foi até a "Livraria do Sr. Verner e da Sra. Aurora". Não era um livro comum, mas um livro de palavras vivas, especial e revelador para todos aqueles que o lessem com um simples tempero como o sal: a fé.

– Bom dia, Dona Zelma - diz o vendedor de livros, já com voz trêmula e fraca pela idade avançada, assim que a doce senhora chega à livraria.

– Bom dia, Sr. Verner - responde Dona Zelma. Como está a Sra. Aurora?

– Melhor do que eu, pode acreditar! A senhora veio buscar sua encomenda, não foi? - Fala com entusiasmo mostrando o pacote.

– Já chegou!? - pergunta Dona Zelma.

– Sim! Já está aqui! Meu ajudante foi ao porto buscar logo no começo da semana.

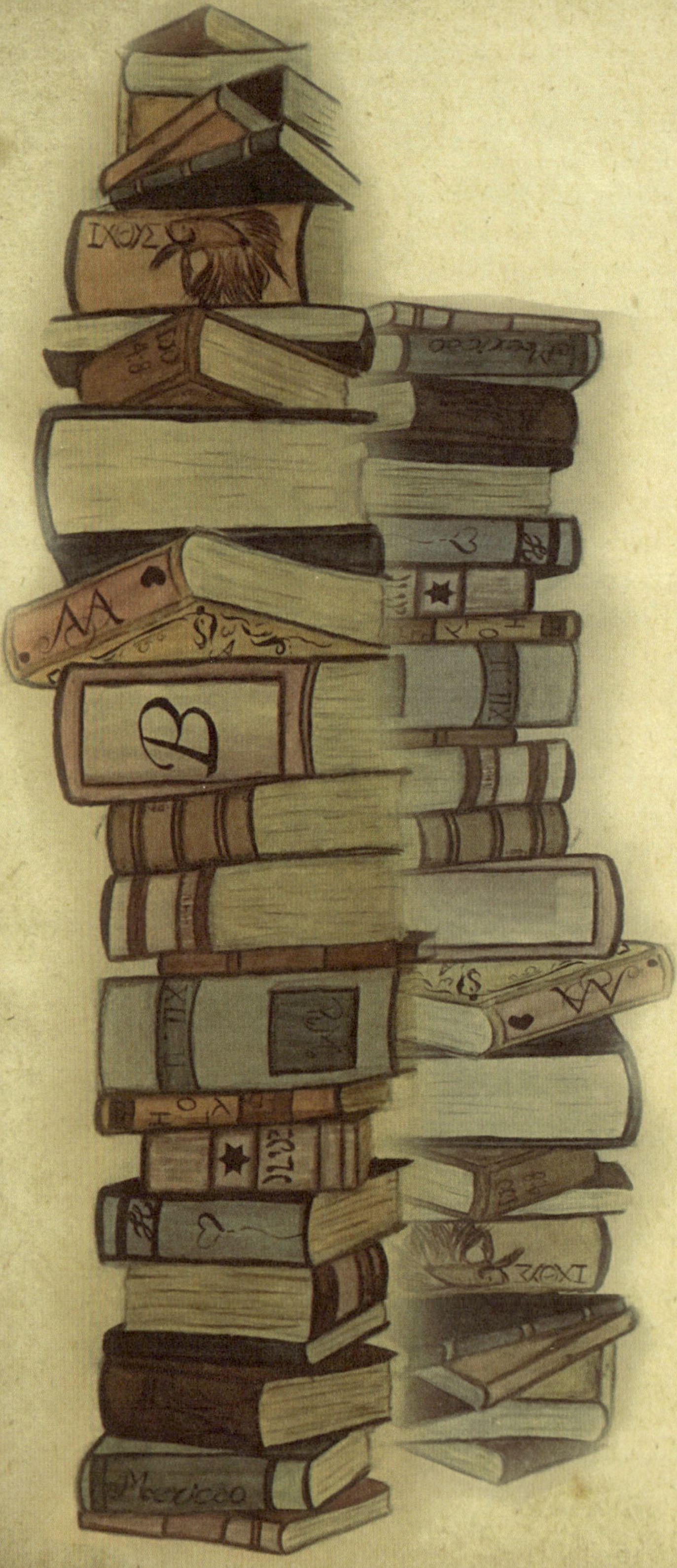

– Que maravilha! Valentina vai amar o livro!

– Realmente, é um livro e tanto! Desde que o li nunca mais fui o mesmo. A menina vai gostar muito mesmo! Aqui está.

– Obrigada, Sr. Verner. Tome, aqui está o dinheiro.

Nesse momento, o Sr. Verner desfaz o sorriso e fala num tom paternal:

– Dona Zelma, me desculpe, mas não quero o seu dinheiro. Quero que seja um presente meu e da Aurora para a menina. Esse é um bem muito precioso! Queremos um dia poder dizer que fizemos parte dessa grande descoberta de Valentina.

- Mas, Sr. Verner...

- Por favor, não insista, dona Zelma. – diz o homem que, voltando a abrir um sorriso, encerra o impasse. Leve o livro e o entregue para Valentina.

Feliz com o presente, Dona Zelma, agradece e se despede do Sr. Verner e sua esposa Aurora com o coração aquecido. Ela ficou surpresa com a atitude do casal e, ao mesmo tempo, muito grata pelo que acabara de vivenciar. Depois disso, chega em casa e, então, vai até o quarto da neta, coloca uma linda fita dourada no livro, embrulhando-o, e o esconde embaixo do travesseiro.

***

Mal sabia Dona Zelma que, enquanto conversava com o Sr. Verner, Valentina estava a dois passos de sofrer nas mãos das irmãs Congúmelas, justamente na porta de casa. Esse sobrenome, Congúmelas, muitas vezes causava arrepios em Valentina!

Tais irmãs formavam uma composição interessante de personalidades. A primeira se chamava Rara, que concidentemente se sentia única e, de fato, era rara. Já Ráivila, se irritava com facilidade, e por qualquer motivo descontava na irmã mais nova, Estrudel. Esta era um tanto quanto engraçada e sofria de falta de personalidade, sempre repetindo o que os irmãos faziam e diziam, feito um papagaio. E como se não fosse o bastante, se apoiava nas ideias macabras das mais velhas. O irmão mais novo, Charlie, observava as armações e maldades das irmãs, mas guardava carinho por Valentina – só acompanhava as irmãs pelo fato de ser o mais novo, e não porque concordava com a maldade do trio.

As irmãs encontravam prazer em perseguir Valentina. Sempre que podiam, tentavam provocar a moça, não importava onde estivessem.

E, agora, elas estavam ali, em frente à casa de Valentina apenas esperando a menina para fazerem provocações e ameaças, como já era de costume.

Ao se aproximar de casa, Valentina percebe a presença das irmãs "provocação" e fica inquieta.

De repente, Ráivila solta a primeira fala carregada de desprezo.

- É impressão nossa ou você quer cantar na audição? Será verdade? Fica cantarolando por aí! Está ensaiando?

- Não. Não é impressão de vocês. Eu quero e vou cantar na audição. – responde Valentina tentando ir em direção de sua casa.

- Deixem-me entrar. - insiste Valentina.

Contrário a isso, as irmãs a impedem, dando-lhe um empurrão.

- Espere, olhe, pense bem! Com essa sua cara de sonsa entediante, quem vai querer ouvir você cantar? - diz Ráivila, segurando-a pelo braço.

- E, além do mais, você é bem pobrinha, não é? Vai vestir esses trapos de panos surrados que você costuma usar? - continua Rara.

- É, suaaaaaa horrorosa! Branquela cara de ferrugem - replica Estrudel.

- Horrorosa? - pergunta Valentina.

- Aham! Sim, sim. - dizem as três irmãs, enquanto o irmão mais novo tenta impedi-las de continuar provocando a menina.

- Parem com isso! Deixem a moça entrar em casa. Chega de provocações. – fala Charlie, enquanto dá um sorriso tímido para Valentina.

- Não! – respondem as três em coro.

- E pobre, não esqueçam esse detalhe. – complementou Estrudel, com sua voz estridente que fazia qualquer tímpano estourar.

Não deixando transparecer o quanto estas últimas palavras atingiam seu coração, Valentina permanecia firme e sua expressão continuava a mesma. Mas, não era o suficiente para as irmãs Congúmelas, pois elas iriam até o fim.

- Desista, sua entregadora de retalhos! – diz Rara dando risadas sarcásticas e escandalosas.

- Não sou assim, não sou nada do que vocês dizem. E farei mais que isso. Vou comprar um tecido lindo e minha avó vai costurar um vestido para mim. Além de um belo tecido, minhas vestes serão feitas com amor.

- Ah, é?

- Minha vó com certeza vai me ajudar. Esqueceram que ela é uma ótima costureira? E eu vou cantar, sim! Agora, eu quero entrar.

Valentina tenta sair correndo, mas as irmãs a cercam. Mesmo com os apelos de Charlie para que parassem de uma vez com aquela situação.

- Cantar!? - perguntaram as três irmãs juntas.

- Vamos lá meninas, se preparem. Vamos mostrar o que é cantar. Escute a nossa maravilhosa versão de "La Cumparsita". - fala Rara, chamando as irmãs para continuarem a cercar Valentina, com uma coreografia desengonçada. Nisso, Charlie balança a cabeça, desconsolado com a maldade do trio.

Música 2
Você não pode!

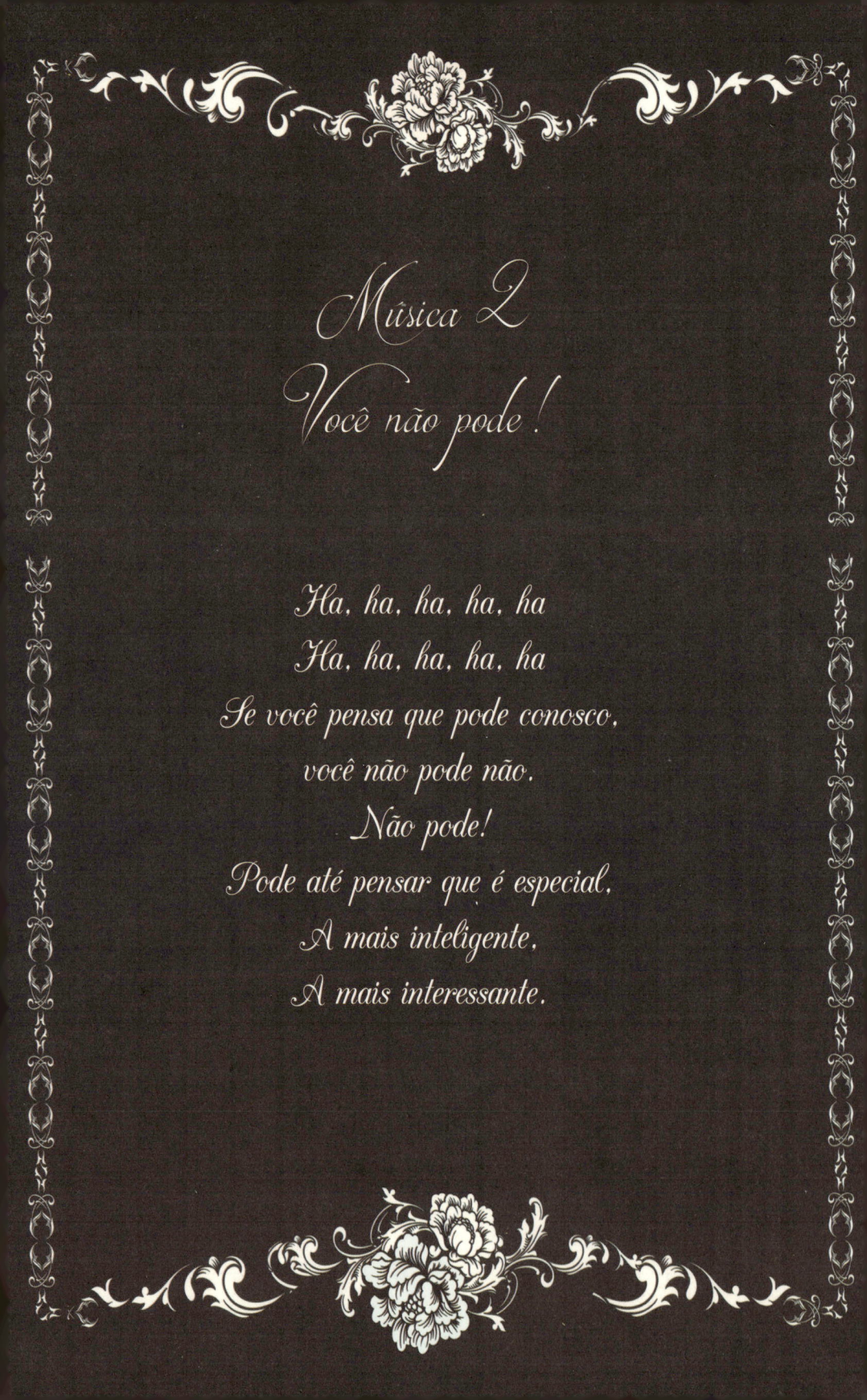

Ha, ha, ha, ha, ha
Ha, ha, ha, ha, ha
Se você pensa que pode conosco,
você não pode não.
Não pode!
Pode até pensar que é especial,
A mais inteligente,
A mais interessante.

Se você pensa que pode conosco,
você não pode não.
Você não pode. Não pode!
Você não pode conosco, não!

Porque eu vou ganhar,
Eu vou ganhar,
Não, eu vou ganhar.

Se você pensa que pode conosco,
Você não pode não.
Você não pode. Não pode!
Você não pode conosco, não!

Você é pobre
Sardenta
Desajustada

Você não pode conosco, não!

Você não pode!

Nº 2

COMPOSIÇÃO
Suelen Reinert

ARRANJO
Filipe Beyer

intro - cellos e baixos

três irmãs

Ah_____ Ah._____

Ah_____ Ah._____

Se você pensa que pode conosco,

BALT — pode até pensar que é a mais especial, a mais inteligente, a mais interessante

você não pode não,___ não pode.___

Se você pensa que pode co nosco, você não pode não,___ você não pode,

```
22  Gm              Gm.                    EALT  | PORQUE EU VOU GANHAR, EU VOU GANHAR. NÃO, EU VOU GANHAR |
    não_ po_ de,_   vo-cê não po-de co-nos-co   não.___

26  Am                              Am
    Se vo-cê pen-sa que po-de co nos-co,   vo-cê não po-de não,___ vo-cê não po-de,

28  Am                              Am                                    F#ALT
    não__ po__ de,___   vo-cê não po-de co-nos-co   não.___

30
    | VOCÊ É POBRE, SARDENTA E DESAJUSTADA |
    Vo-cê não po-de co-nos-co   não!
```

E como se não houvesse fim à maldade das irmãs, Rara volta a discursar, pensando ser a dona de toda a verdade:
- Nosso tio Heitor tem muito dinheiro.
- Falando nisso, nossa Rara, que tecido fino esse seu! - elogia Estrudel.
- Verdade, eu não costumo usar retalhos.
- Só não vale ficar com inveja, *dona leitosa cara de palmito*! Você pode até entrar no teatro, mas será só uma pequena parte sua, antes que chegue à audição, faremos de você o nosso pé de coelho da sorte - diz Ráivila, provocando um pouquinho mais Valentina.

Mais do que em tempo, surge uma voz que traz conforto à menina. Era Dona Zelma que, ao avistar a cena, apressa seus passos e vem logo perguntando:
- O que está acontecendo aqui?
- Nada não, dona Zelminha! Tchau, tchau! Nada, não! – nisso as três saem de fininho.

Charlie olha entristecido para Valentina e diz:
– Até mais, Valentina! Não deixe que o que minhas irmãs lhe disseram contamine seus pensamentos.

E os irmãos se põem a caminhar em direção à feira no centrinho.

***

– Venha, vamos entrar, Valentina. Sente-se, querida. O que estava acontecendo? – pergunta a avó preocupada com a neta.
– Valentina! Diga-me: O que estava acontecendo?
– As sobrinhas do Heitor sempre dizem coisas horríveis para mim. Toda vez que me encontram, elas me cercam e repetem que sou feia, que sou pobre e tentam me ofender com todo tipo de provocação. Além disso, elas repetem que sou uma branquela sardenta, sem graça e entediante!
– Calma, Valentina... Diga com calma o que mais elas falam.
– Vó, eu não aguento mais tanta perseguição! Parece que tudo em mim as incomoda, até a minha voz. Eu me sinto tão humilhada quando elas surgem! Quanto tempo mais isso vai durar?

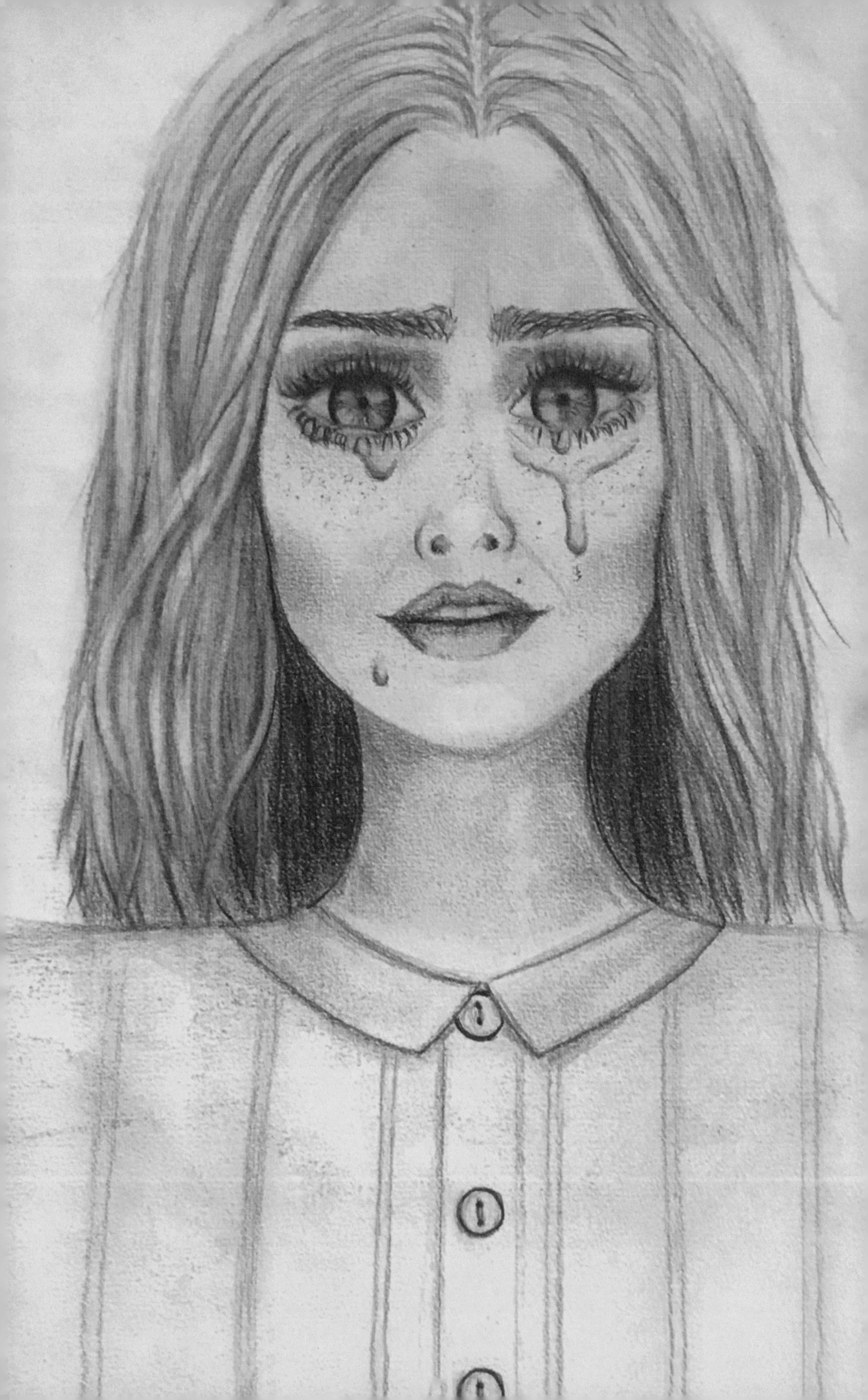

Debocharam muito dizendo que não terei vestimentas para participar da audição real – dizem que não posso ter um vestido refinado – desabafa a menina em meio a lágrimas.

–Venha aqui meu cisne lindo, ouça! Num ponto elas têm razão. Nós não temos dinheiro suficiente para comprar um vestido dos mais caros. Mas, por outro lado, elas estão enganadas. O fato de não termos dinheiro não significa que você não terá um belo vestido. – diz a avó consolando a neta.

– Como assim, vó Zelma?

– Amada, não temos dinheiro, mas temos talento e muita criatividade, além de amor. Vou costurar um belo vestido para a neta mais linda desse mundo. Você me ajuda?

A menina enxuga as lágrimas, força um sorriso e abraça a avó com amor profundo.

Agora a avó entendia o que se passara não só naquela tarde, mas em outras circunstâncias, pois a menina vinha sendo afrontada demais pelas irmãs Congúmelas. Dona Zelma entendia como estava o coração de Valentina. Sendo assim, a senhora carinhosamente se aproxima da neta e segura suas mãos como um gesto de consolo:

– Olhe para mim, Valentina. Deus não tem deixado nos faltar nada. E outra coisa, você é especial, minha filha. Quem a criou a fez com muito carinho. Ele colocou dentro de você algo muito precioso.

– É? O que é? – pergunta Valentina que volta a enxugar suas lágrimas e substitui a tristeza por uma curiosidade inesperada.

– O seu coração – responde a avó - Ele é sempre amável e qualquer um pode ver isso em seus olhos. É como se pudéssemos ver o espelho de sua alma, que se resume em pureza. E, conhecendo você, mesmo com toda essa situação, sei que não vai guardar rancor. Continuará a buscar amor em seu coração por essas meninas, não é mesmo? Ame-as, querida! Elas são assim porque receberam maldade em vez de amor.

Valentina sabe que nesse momento sua avó espera uma resposta positiva, de que ela vai, de fato, perdoar as meninas. E ela sabe que, apesar de Dona Zelma estar certa, a própria menina ainda está entristecida com a situação. As duas se entreolharam como se soubessem o que se passava na cabeça uma da outra. Então, Dona Zelma interrompe o silêncio de repente, como se tivesse acabado de ter feito uma grande descoberta:

– E quer saber de mais uma coisa? Elas têm medo de você – diz a avó toda animada.

– De mim? Elas parecem não ter medo de nada e de ninguém. – fala a menina em tom de dúvida.

– Sim, sabem que você é capaz, que é talentosa e que pode se sair bem. Tenho certeza de que o Rei vai escolher a voz que venha com bons sentimentos. Afinal, Ele sempre me pareceu ser um Rei cheio de bondade e sabedoria. Falando nisso tenho algo para você.

Dona Zelma caminha em direção ao presente que havia escondido. Toma-o nas mãos e coloca no colo da neta.

– Um presente? - pergunta surpresa, Valentina, enquanto a sua avó vai abrindo um sorriso.

– Isso mesmo. Um presente. E ele é muitíssimo especial. Eu fiz uma encomenda com o livreiro para você. É um ótimo presente de Natal, não é!?

Valentina delicadamente tira a fita dourada. Contempla a capa e vai passando as pontas dos dedos sobre o belo livro cor de terra com bordas douradas e com um grande B dourado no meio. Abre e sente aquele cheirinho de folhas novas.

– Lembre-se sempre de que este não é qualquer livro, pois além de falar de coisas como o amor de Deus para o homem, fala do perdão, da sabedoria... O livro fala sobre a ponte para salvação eterna, que é Jesus. Ele contém muitas lições de vida, assim você pode encontrar qualquer resposta dentro dele.

– Qualquer uma? - questiona a moça.

– Sim, qualquer uma.

– É como um livro encantado? - pergunta a menina brincando.

Achando graça na pergunta da neta, Dona Zelma responde:

– Não... Não, querida, é o Livro da Vida.

– É a Bíblia mais linda que já vi! Nem poderíamos comprar algo assim.

– É o tipo de presente que não tem preço. Ainda mais quando dois velhos teimosos insistem em fazer parte de minha ideia e participar de suas descobertas cristãs.

– Sr. Verner e a Sra. Aurora?

– Quem mais poderia ser? Não se esqueça de agradecer-lhes.

– Com certeza eu irei. Muito obrigada, vó! Eu não poderia ter recebido presente melhor, é o presente mais precioso que já ganhei!

– Estive pensando, Valentina! Já que eles não deixaram que eu pagasse pelo livro... E, como temos uma ocasião especial assim, hum..., deixe-me pensar, acho que vamos comprar um tecido finíssimo e transformá-lo em um belo vestido para você. O que você acha, minha querida?

Dona Zelma tira o dinheiro de dentro de uma lata amassada no armário da cozinha que estava guardada em meio às latas de conserva. Nisso, Valentina fica extasiada de emoção e começa a pular pelo quarto em volta da avó.

– Obrigada, vó! Uma, duas, três vezes obrigada! Você é a melhor vó do muuuuundo! - e beija a avó dando-lhe um abraço apertado.

Capítulo 3

Confabulando

Fugidas de Dona Zelma, as irmãs Congúmelas correram até a casa de carnes de seu tio Heitor, a fim de ensaiar a música "Oh querido rei, nos leve com você..." para a audição, mas não conseguiam parar de confabular a respeito da menina. O irmão delas ainda chateado com o ocorrido com Valentina tomou outro caminho porque seu coração era bom demais para ficar tão perto da maldade. O plano das três irmãs era fazer com que Valentina não participasse de maneira alguma da audição, já que ela havia mostrado ter condições de participar e de cantar muito bem. Nisso, a competitividade tomou conta do açougue assim que elas pisaram lá dentro, pois nunca se cansavam de se divertir com suas conversas amargas e sem vida.

Ao contrário das sobrinhas, Heitor sempre tratava bem Valentina e a Vó Zelma, mas por trás das atitudes superficiais era falso e tramava o mal - principalmente quando se sentia ameaçado. Por ter um senso de disputa muito alto e por ser trapaceiro, exercia grande influência sobre as três sobrinhas. Sempre que falava com elas, mostrava uma passividade agressiva, que não importava o quanto sorrisse ou fosse amável, era sempre de se desconfiar.

– Minhas queridas sobrinhas, cheguem mais! Vamos trabalhar e conversar! Onde está o Charlye? Por que ele não ficou aqui com vocês? – pergunta Heitor com ar de deboche, pois sabia do coração diferente e bondoso do sobrinho.

– Olá, tio! Estamos ótimas! Charlye não entrou porque não gosta de viver em família – nisso as meninas caem numa gargalhada cínica.

E aquele dia terminou assim, com as três tramando e pensando em formas de fazer Valentina desistir do desafio da audição. As meninas amanheceram e foram dormir pensando em meios de atrapalhar os planos da moça.

Como tinham em Heitor, além de um tio, um maquinador de maldades, logo pela manhã, as sobrinhas voltaram à feira porque queriam muito descobrir uma forma de entristecer o coração da menina Valentina.

Assim que as três chegaram perto do tio, avistaram ao longe Valentina, acompanhada por Conca, enquanto os dois amigos caminhavam pela feira. Mal sabiam elas que os amigos estavam à procura do tecido ideal para a festa Real. Valentina estava tão feliz que não podia se conter, e sem saber incomodava Heitor e suas sobrinhas com sua alegria.

- Olhem só, meninas, quem está ali! - falou Heitor, mansamente, com ar irônico.

- Hum, parece alegre demais pra mim. - comentou Rara.

- Parece mais uma sonsa entediante. - completou Ráivila.

- Uma sonsa sem graça e saltitante. - finalizou Estrudel.

Percebendo a maldade das irmãs, Charlye se afasta e passa a observar Valentina de longe. Ele a admirava em silêncio, pois além de bondosa, ela era gentil com todos e cheia de amor nas mais simples situações.

Na escolha do tecido perfeito, Valentina conversava com Conca, que se mostrava o melhor amigo e dava toda assistência que ela precisava. Ele caminhava ao seu lado, enquanto a ouvia falar, pois estava muito ansiosa.

- Me ajude a escolher! Pensei num vestido que fosse tão cintilante como uma pérola!

- Acho bom. Vamos logo à tenda de tecidos da Dona Antônia. - E enquanto andavam, ele teve uma visão nada agradável e cochichou no ouvido de Valentina:

- *Olhe, as irmãs urubus logo ali.*

Sem nada mais o que dizer, Valentina simplesmente disse:

- Olá, meninas! E continuou a caminhar feliz da vida com o seu amigo, em direção à tenda dos tecidos. Chegando lá, escolheu um tecido que parecia ter saído direto do mar, de dentro de uma concha. Era um tecido perolado de veludo, exatamente como havia imaginado. Assim, ela colocou o tecido na frente do corpo e disse:

- Com certeza é este!

Da casa de carnes, ainda observando, o tio e as sobrinhas continuavam a conversa:

- É.... Azedou o leite, a leitosa conseguiu o que queria. - fala Ráivila.

- Fique quieta, ela não pode comprar nada, Valentina é pobre, é isso que ela é. - contrariou Rara.

- Pobre miserável. - continua Estrudel.

Heitor, por sua vez, passa a induzir as irmãs para mais uma de suas peripécias.

- O titio aqui tem uma ideia fabulosa!

- Ideia? O quê? Fale logo? - Disseram as três ao mesmo tempo.

- A roupa da menina poderia simplesmente... Não sei... Ser manchada com um pouco de tinta?... Investiguei com o tintureiro de tecidos e descobri que se caísse um pouco sem querer, seria quase impossível de se remover. – agora, num tom malicioso e risonho, Heitor olhava para as Congúmelas, esperando que elas entendessem o recado. Mas era demais exigir isso delas:

-Manchado?

- Sim, tingido na véspera de natal. - respondeu o tio.

Então, finalmente, Rara entendeu a mensagem:

- Mas é claro, vamos derramar o corante por todo o vestido!

- E se ainda assim Valentina tiver a intenção de ir, estará completamente desestruturada emocionalmente para cantar. Perfeito!- fala Ráivila.

- E nós iremos arrasar em nossa performance - estridentemente responde Estrudel.

- Isso. Mas, foi só uma ideia. - fala Heitor, como se a proposta não tivesse sido sua.

Ráivila empolga-se e solta:

- Vamos planejar cada detalhe.

- Isso. - concorda Rara.

- Temos de ser muito espertas, pois Charlye não pode saber de nossos planos. Aquele traidor. Se ele souber, vai avisar a sonsa.

- Vamos planejar cada detalhezinho, - continua Estrudel, tentando dar a última palavra, quando é prontamente interrompida por Ráivila:

- De madrugada... Entramos no quarto... pela janela... Então pegamos o vestido... E jogamos corante... - verde! Odiamos verde, *Hahaha*! – Perfeito Ráivila! E deixamos lá jogado para a infelicidade da jovenzinha, finaliza a mais malvada das três irmãs.

E elas saem dando risadas sarcásticas e desaparecem da casa de carnes.

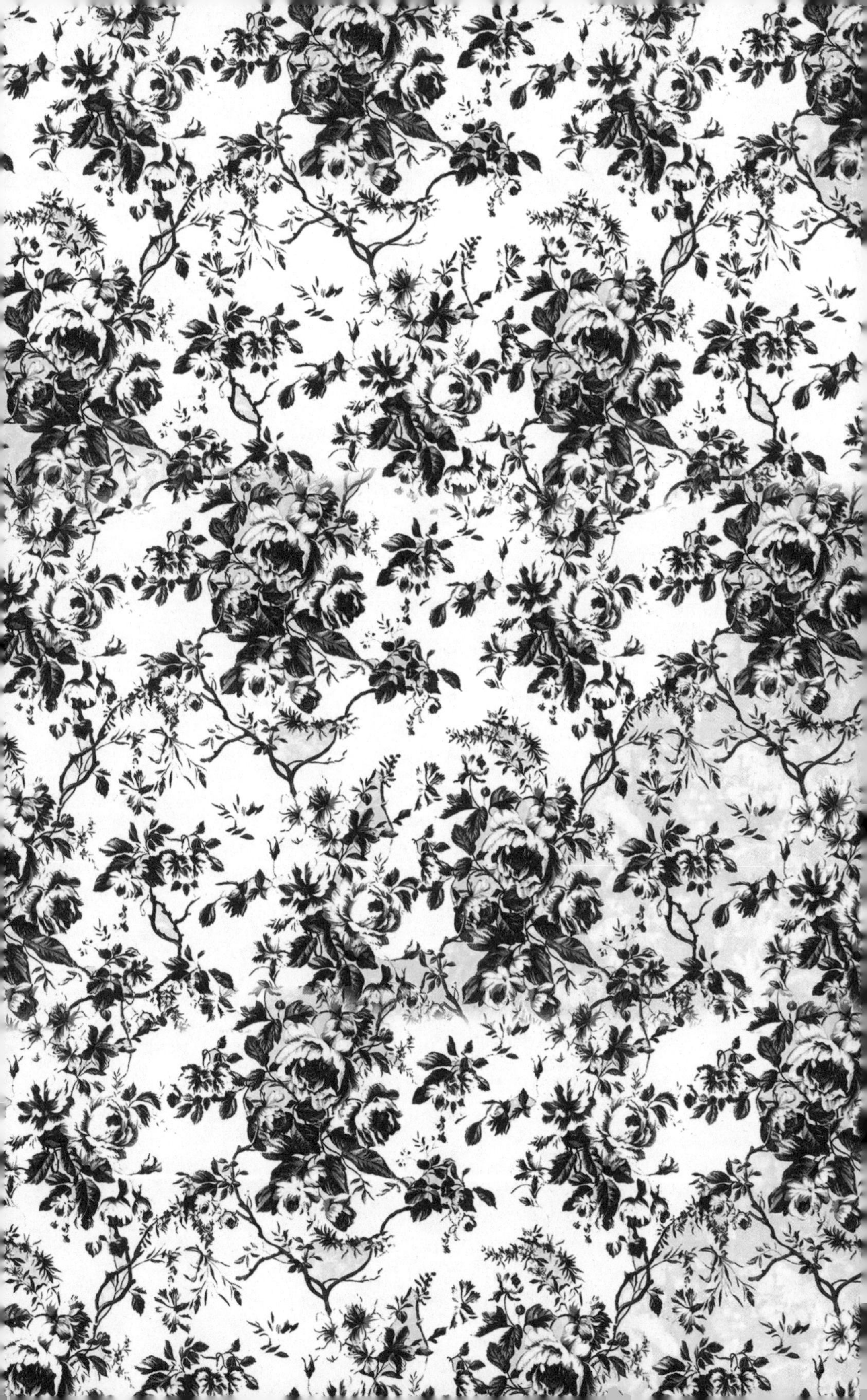

Capítulo 4

O Cortejo Musical

Era noite e já se podia ouvir os grilos e as cigarras cantando. A lua estava tão grande naquela noite que parecia ser possível tocá-la ao escalar as colinas ao redor do Vale. Ela iluminava toda a praça, onde era comum encontrar os jovens que se reuniam para se divertir declamando contos, lendas e histórias.

Em frente à praça, havia uma pequena igreja cujas portas frontais eram azuis como o céu da manhã. Sobre ela foram desenhados quatro símbolos: uma pomba branca, uma taça, uma coroa e uma cruz. E, ainda no topo, uma cruz improvisada de madeira, além de um sino já enferrujado pelo tempo que tocava rigorosamente às cinco horas da manhã para despertar a cidade.

Nessa época, os cidadãos do Vale dos Lírios se reuniam para uma bela e tradicional apresentação natalina em que festejavam o nascimento de Jesus.

O cortejo musical seguia entoando tradicionais canções natalinas acompanhadas de encenações pelas ruas.

Quem abria o cortejo musical era o contador de histórias, seguido por atores que representavam José e Maria, ainda grávida. A comitiva se completava com o coral e o povo, que vinham caminhando atrás dos protagonistas. Conforme seguiam pela cidade, mais e mais pessoas faziam parte do grande grupo que ia se formando. O contador de histórias envolvia a todos, e assim muitos paravam o que estavam fazendo para seguir junto à procissão.

Nos mais importantes pontos da cidade, como a praça do comércio e o armazém - onde tudo acontecia, faziam-se paradas para a encenação. Era no centro do vilarejo que o cenário estava montado, com o estábulo improvisado de madeira e palha, a manjedoura e o feno no chão.

Ao tocar do sino, todos estavam ansiosos aguardando o momento em que sairiam pela porta principal da igreja. Então, Conca empolgado diz para Valentina:

- Amanhã será véspera do natal, que rápido que este ano passou!

Todos sairão da igreja a qualquer momento. Vamos acompanhar o cortejo musical pela cidade?
- Mas é claro, posso ouvir o que estão cantando lá dentro. Escute. – disse a menina.
Valentina começa a cantarolar com boca *chiusa*, sem abrir a boca, a canção que se podia ouvir de longe. Foi então que, ao cantar um pouco mais alto, cada palavra da canção, parecia estar acompanhada de um grande coral ao fundo.
- Olhe, as portas se abriram... – disse o rapaz.
A noite era escura e se destacavam as luzes das velas nas mãos de todos os que saíam pela porta principal da pequena igreja.
- Lá vem o cortejo musical. – disse Conca empolgado.
Nesse momento, todos em alta voz entoam a canção.

Música 3
Santo

Um pedacinho do céu chegou
Em um bebezinho se formou
Estrelas apontam a direção
Anjos como ventos fortes
cantam

Santo, Santo, Santo

Lindo sacrifício tão perfeito
Salvação Ele nos Deu
Uma vez por todos
O cordeiro se ofereceu

Oh, Grande amor
Se esvaziou
Humilhou-se
Um bebê se formou

Santo

Nº 3

COMPOSIÇÃO
Syelen Reinert

ARRANJO
Filipe Beyer

♩ = 105

(Lyrics:)

Uhm____ uhm____

uhm____ uhm____

Um pe-da-ci-nho do céu____ che-gou. Em um be-be-zi-nho se for-mou. Es-tre-las a-pon-tam a di-re-ção. An-jos co-mo ven-tos for-tes can-tam: San-to, San-to, San-to. San-to, San-to, San-to. Lin-do sa-cri-fí-cio tão per-fei-to. Sal-va-ção E-le nos deu. U-ma vez por to-dos o Cor-dei-ro se o-fe-re-ceu.____ Óh gran-de a-mor se es-va-zi-ou. Hu-mi-lhou

77 Gm7(ADD11) F Bb F/A Gm7(ADD11) F Bb F/A Gm7(ADD11)
se. Um be - bê se for - mou Óh gran de a - mor
86 F Bb F/A Gm7(ADD11) F Bb F/A Gm7(ADD11) F
se es - va - zi - ou. Hu - mi lhou - se. Umbe
95 Bb F/A Gm7(ADD11) F Bb F/A Gm7(ADD11) F Bb F/A
bê se for - mou San - to, San - to, San to. San - to, San - to,
105 Gm7(ADD11) F Bb F/A Gm7(ADD11) F Bb F/A
San - to. San - to, San - to, San - to. San - to, San - to,
113 Gm7(ADD11) F Eb9(ADD13) Abmaj7(ADD9) Bb
San - to.
RIT.

Ao chegarem à praça, o coral que cantava em alta voz começa a baixar gradativamente o som de suas vozes, dando início à encenação com uma fala de Maria:

- José, estou muito cansada...

- Estou vendo um estábulo logo em frente. - responde o personagem que representava José, colocando o lampião na frente para tentar enxergar algum lugar para o nascimento do bebê.

Então, o contador de histórias do cortejo musical interrompe a cena:

"O criador se tornou a criação. Totalmente homem, totalmente Deus. Tornou-se o Salvador de uma humanidade pecaminosa. Sim, com certeza Ele nos ama. Esse bebê divino foi gerado por Maria em quem, por algum motivo, o Espírito de Deus encontrou aconchego a repousar. Que privilégio esse!

Qual seria a sensação de paz, alegria e amor? Sentimentos esses gerados ao mesmo tempo, entrelaçados e vivos dentro de Maria, pois ela tinha o próprio Deus, vivo e único, crescendo dentro de seu corpo.

A virgem teve de enfrentar a gravidez divina. Provavelmente tomada de coragem, enfrentou as falações que diziam da moça "Ainda noiva, mas grávida?". Já José, quando teve certeza de que o menino era Deus, se rendeu em obediência.

Eles caminharam muito até encontrarem um lugar seguro. Vejam como estão cansados!

Mas a hora estava por vir. A hora em que havia de nascer o salvador de um povo perdido, que levaria corações ao arrependimento, que salvaria cada um que o aceitasse, e que com suas próprias mãos, os devolveria aos céus, onde é o seu lugar de origem!

Escutem, se não é o choro do bebê!"

Terminado o monólogo do narrador, José emociona-se ao pegar o menino no colo e, chorando, o beija no rosto e diz:

- Cuidarei de você como meu filho. O meu Jesus nasceu!
- Ergue a criança como um sinal de entrega e adoração, enquanto todos começam a aplaudir o nascimento.

O cortejo segue cantando pelas ruas da cidade, levando a mensagem do nascimento do Salvador de todos.

*Oh Grande amor
e esvaziou
Humilhou-se
Um bebê se formou*

Santo, Santo, Santo
***

Valentina caminha em direção a sua casa cantarolando livremente. Era no cair da noite quando a sua mente estava criativamente fértil para compor canções e soltar a voz sem se preocupar se alguém estivesse escutando. A noite era a sua única companheira. Foi aí que começaram a surgir melodias para a tão esperada audição...

- Uuu.. - seguia cantando
- Vó, a senhora está aí?

Valentina vai até a sala de costura e bate na porta.

- Sim, entre. – diz a avó suavemente.
- O cortejo musical estava lindo! O nascimento de Jesus, então, foi emocionante. Por que você não foi, vó?
- Eu pude ver um pouco pela janela. Realmente estava lindo! Mas graças a Deus temos muitas encomendas para este natal, inclusive, certo vestido de alguém que costurei por horas para que ficasse à altura da dona.

Ao se dar conta de que a avó estava falando sobre o seu vestido, Valentina grita dentro da sala:

- Está pronto? Ah, deixe-me ver, por favor!
- Está quase pronto, mas você ainda não pode ver. Vai acabar estragando a surpresa. Venha, vamos ler um pouco.

Dona Zelma procura distrair a moça, que com olhares curiosos, tenta espiar por cima do ombro algum sinal de como estava seu vestido. Percebendo isso, a senhora puxa a neta pela mão em direção ao quarto e rapidamente Valentina responde:

- Ótima ideia!

Ao chegarem no quarto, a menina toma em suas mãos a sua velha caixinha de música, que a ajudava a pegar no sono quando criança, enquanto a vó Zelma senta-se na cama e abre o novo livro que Valentina havia ganhado do Sr. Verner.

- Sente-se, vou ler um trecho do livro do Evangelho de João para você:

> *"Porque Deus amou o mundo tanto, que deu o seu único Filho, para que todo aquele que nele crer não morra, mas tenha a vida eterna. Pois Deus mandou o seu Filho para salvar o mundo e não para julgá-lo. — Aquele que crê no Filho não é julgado; mas quem não crê já está julgado porque não crê no Filho único de Deus."*
>
> *João 3:16-18*

Música 4
Fiel Amigo

Doce amigo, fiel.
Como poderei viver sem o teu amor?
Minha esperança, és tu,
Como poderei viver sem o teu amor?

O meu salvador e libertador, para ti eu vivo e canto
O meu salvador e libertador, para ti eu vivo e canto. Jesus.

Fiel Amigo

Nº 4

COMPOSIÇAO
Suelen Reinert

ARRANJO
Filipe Beyer

Doce amigo fiel, como poderei viver sem Teu amor. Minha esperança és Tu, como poderei viver sem Teu amor. O meu Salvador e libertador, para Ti eu vivo e canto. O meu Salvador e libertador, para Ti eu vivo e canto. O meu Salvador e libertador, para Ti eu vivo e canto. O meu Salvador e liberta-dor, para Ti eu vivo e canto. Jesus!

– Durma bem, meu amor. Quando acordar, seu vestido estará aqui, prontinho. Tenha bons sonhos...

Dito isso, a avó cobre gentilmente a neta com uma aconchegante manta de retalhos.

– Boa noite, vó! Eu amo a senhora! – diz a menina com um sono que chegou aos pouquinhos.

Passado algum tempo durante a noite e sem que Valentina percebesse, Dona Zelma fez os últimos ajustes e foi até o quarto da menina, colocou o vestido delicadamente pendurado em frente a um espelho que ficava no canto do quarto da neta e saiu despercebidamente. Apesar de não demonstrar, ela estava tão ansiosa quanto Valentina para o grande dia.

Capítulo 5

Tinta e Decepção

De madrugada, as irmãs desengonçadas saem de sua casa com muito cuidado para não acordar o bondoso Charlye e caminham em silêncio até chegarem à janela do quarto de Valentina. Elas se batem, apoiam-se e tropeçam umas nas outras até que Rara se manifesta.

- Suas ridículas, falem baixo! Vocês querem que alguém nos ouça?
- É, fale baixo! Vai que acorda a Valentosa! - Ráivila se dirige a Estrudel como se a culpa fosse dela.
- Puxa, está muito escuro aqui! Ai, vamos voltar? - Estrudel estava morrendo de medo.
- Entrem logo e comecem a procurar, e parem de resmungar, suas medrosas.
- Vamos procurar por aqui. – orienta Ráivila
- Aqui não está. – diz Rara meio atrapalhada na escuridão.
- Aqui também não, vamos voltar? - Estrudel insiste.

As Congúmelas estavam um tanto perdidas e confusas na escuridão. Tinham pouco tempo para pôr em prática o seu plano de malvadeza. Mas, foi exatamente no meio de tanta confusão que encontraram o vestido pendurado em frente ao espelho no canto do quarto:

"- Encontrei! - comemora Rara.
- HAHAHA! " – celebram em voz baixa as outras duas irmãs.

Ao encontrar o vestido recém-costurado de Valentina, as três o mancham com um corante verde, e fazem isso com gosto, com vontade. A atitude cruel era clara, pois fizeram questão de derramar o restante do corante verde pelo chão do quarto da menina que dormia num sono profundo.

As irmãs escaparam pela janela por onde entraram e correram para que ninguém as visse com parte do vestido que havia sobrado nas mãos. Elas ouviam somente seus passos rápidos de fuga, as árvores haviam sido testemunhas dessa grande maldade. Com o plano concluído, elas fugiram, mas estavam com muita vontade de parar para rir do desastre com o vestido.

Depois de tanto estardalhaço em seu próprio quarto, Valentina não fora capaz de acordar, mas a avó Zelma tinha um sono leve que a fez abrir os olhos assustada com o barulho estranho, pois uma das atrapalhadas tinha enroscado de leve a saia na trava da janela. Mas era tarde demais, ela correu para fora e não viu mais ninguém. Preocupada, foi até o quarto de Valentina para verificar se estava tudo em ordem.

Qual não foi a sua surpresa, pois se deparou com uma daquelas cenas em que a gente não pode voltar o filme. Ao chegar, ela vê o vestido tão trabalhado e feito com amor para a neta completamente manchado caído no chão.

Dona Zelma estava assustada com o que via e percebeu que a neta não tinha acordado. Então saiu correndo para o quarto de costura com o vestido nas mãos e se deu conta que precisava tomar alguma providência.

Mais que depressa dona Zelma procura na sala de costuras algum tecido que possa servir, algo que pudesse ser útil para uma ocasião assim, mas só encontrava os tecidos que foram comprados pelas clientes. Dona Zelma passa o restante da madrugada lutando contra o tempo. Ainda no meio da noite corre até o vizinho que era dono da loja de tingimentos na tentativa de conseguir algo para tentar remover as manchas do vestido de Valentina. O tintureiro responde não poder ajudar com as manchas verdes, mas que poderia tentar algo diferente.

A pobre Valentina nem imaginava o que estava por vir: abrir os olhos e nem ao menos poder ver a "obra" feita com tanta dedicação pela avó ou, ainda, provar o vestido.

***

O sol estava forte naquela manhã. Os raios entravam pela janela iluminando e aquecendo todo o ambiente como uma manhã quente de verão. Valentina acorda com a luz em seu rosto. Ela se espreguiça, boceja e pensa "Que bom! É hoje! Como será o meu vestido? Não vejo a hora de colocá-lo".

Valentina acorda radiante, senta-se num ímpeto em sua cama e, de repente, ao colocar os pés no chão, sente o quanto o chão do quarto está pegajoso. A menina, então, vê manchas verdes espalhadas por todo lado. "O que será isso? Pensa a garota. Fica ali parada por algum tempo apenas olhando sem reação, tentando digerir um prato de café da manhã que não havia pedido. Queria compreender o que se passava, mas aquela visão se revelava em pura decepção. O clima era pesado. Uma visão de tinta por todos os lados, ali estática pelo quarto conseguia fazer doer a alma de uma jovem que jamais imaginara tamanha crueldade...

Era isso, o que não se previa estava acontecendo. Todos os seus esforços estavam escorrendo pelo chão. A menina sempre tão corajosa, estava amedrontada, numa luta interna para se manter como uma torre, firme e inabalável. Suas emoções, porém, mais pareciam como um castelo de areia, perto do mar, que quando a onda vem o engole, deixando-o sem forma. Ficou paralisada por um tempo.

Deitou novamente na cama, como se pudesse voltar no tempo e falou baixinho por várias vezes com o coração tão apertado:

- Não, não... Ajude-me, me ajude Senhor Deus... E, repetindo várias vezes, ela suplicava, tentando entender o que havia acontecido

- Quem faria uma coisa dessas? Não posso acreditar!

Quando já sem esperanças, Valentina vira o rosto tentando fugir desse quadro assombroso, e vê aberto o livro que havia ganhado de sua avó e do Sr. Verner. Ela o pegou no colo e involuntariamente seus olhos fixaram-se em um trecho que dizia:

"Lembre da minha ordem: "Seja forte e corajoso! Não fique desanimado, nem tenha medo, porque eu, o Senhor, seu Deus, estarei com você em qualquer lugar para onde você for!"

Valentina respira fundo, e com um pouco da coragem que ainda lhe resta, compreende o recado. Ergue a cabeça e se levanta. "Isso, seja forte e corajosa, Valentina! Não vão ser alguns metros de tecido que vão impedir você de comparecer à audição", ela diz isso para si mesma com convicção.

Quando ela tinha completado a frase, Conca batia palmas e gritava lá de fora animado:

- Bom dia! Dona moça! Vamos até a Praça do Comércio comigo?

- Pode entrar, Conca! Entre e logo vamos sair. – responde Valentina pela janela entreaberta.

Conca entra na casa, olha em sua volta e percebe que algo não estava bem. Ele tenta brincar com a situação:

- Olá, bela cantora! Dê-me um abraço!

Valentina então, chora:

- Conca, alguém entrou aqui de madrugada e fez tudo isso... Nem sei como não acordei!

- Ah! Eu sei quem foi e você também sabe. Temos que resolver isso! – diz o rapaz.

- Como? Elas são cruéis, Conca. E elas têm um tio que vai defendê-las. Além do mais, não temos como provar nada. Muitas vezes a bondade e a maldade só são vistas pelo coração. Essa maldade só deixou um rastro de tinta e decepção.

- Temos de dar uma lição nelas! Eu sei ser mau quando quero, Valentina. Deixe-me planejar uma vingança para esse trio de horror.

Valentina dá um leve sorriso e diz:

- Não, obrigada! Sem vingança! Precisamos ser inteligentes, vingança não é uma atitude de pessoas boas.

Conca tira o sorriso do rosto - coisa rara de se ver - e questiona seriamente Valentina:

- Como não? Olhe à sua volta! Então me diga o que vai usar. Elas acabaram com o que você tanto sonhou, como sempre fizeram. Você tem de revidar essa provocação!

- Ah, não acabaram, não. Já sei o que vou fazer. Vou usar roupas de uma entregadora de costuras, vou usar minhas próprias roupas

Ontem mesmo ganhei de natal um livro, aliás, uma Bíblia! Minha avó havia dito que encontraria qualquer resposta dentro dele e sabe o que li bem depois do que aconteceu? Que eu deveria ser forte e corajosa e que Deus me sustentaria com a Sua forte mão. Deus é comigo e Ele é a minha justiça. É isso. Não preciso de um vestido para cantar, preciso de voz. E isso eu tenho – eu tenho voz – uma bela voz por sinal!

- Muito bem! Vamos lá, Tina!- fala o rapaz que estava boquiaberto.

- Sim, esse livro fala também de um perfeito amor. Deus as ama também. E é por isso que vou cantar, nem que eu precise usar um saco de batatas como vestido, Conca!

Conca abre um sorriso e abraça a amiga, encorajando-a:

- Você tem razão. É isso aí, Valentina. Eu posso lhe emprestar meu par de botas da sorte! – diz o rapaz tentando fazer a amiga sorrir.

- Eles pensam que podem me fazer desistir, mas estão enganados. Eu não tenho medo! – fala Valentina decidida.

- Até porque o Rei vai ouvir com os ouvidos e os olhos deles ficarão maravilhados com sua beleza! Ele nem vai prestar atenção em vestido nenhum. – completa o rapaz.

- Sei... Obrigada! Você é um grande amigo, Conca! – diz a moça com um sorriso.

- Agora preciso ir, Valentina. Tenho que ajudar com os legumes na feira para minha mãe.

- Eu te acompanho. Também preciso pegar algo para preparar o almoço!

A menina estava tão desolada que nem se apercebeu que talvez a avó tivesse saído para tentar solucionar o problema. Então Valentina saiu para fazer as entregas de costura como de costume.

A avó apareceu mais a noitinha, quando o sol já estava se pondo. Elas estavam um tanto quanto reflexivas após as atitudes desenfreadas das irmãs Congumelas.

A avó ainda não sabia se suas tentativas de consertar o vestido dariam certo, mas ficou impressionada ao saber que a menina se apresentaria mesmo sem as vestimentas apropriadas.

Capítulo 6

O Peito de Frango

No outro dia pela manhã, Valentina foi à casa de carnes a pedido da avó para poder preparar o almoço e também ganhar tempo para tentar resolver a situação.

- Bom dia, Heitor,
- Olá, minha querida Valentina. Como acordou essa manhã?
- Muito bem.
- Parece triste?!
- Não poderia estar melhor. Hoje é um grande dia, não teria por que eu estar triste, não é mesmo? O senhor poderia me vender um peito de frango, por favor?
- Mas é claro! Sabe, Valentina, estive pensando, vejo que está crescendo e já está madura para ouvir certas coisas.
- E que coisas seriam essas?
- É, acho que é hora mesmo. Menina, você precisa ir!
- Como assim? Ir para onde?
- Ir, ser independente, viver a sua vida. Esta cidade é pequena demais para você e seu talento! – diz Heitor com ares de sarcasmo.
- O que o senhor quer dizer com isso? – fala Valentina fingindo não ter entendido.
- Sei algo sobre sua mãe e sua avó. É um segredo. – fala Heitor com um ar de suspense.
- Mas, o que você saberia sobre minha mãe que eu não soubesse? Até porque, minha avó jamais esconderia algo de mim. – responde Valentina intrigada.
- Será? Foi o que pensei, sempre achei que sua avó não teria coragem de lhe falar... Ela ainda não sabe que você amadureceu, não é mesmo? Eu conheci muito bem a sua mãe. Lembro que, antes de morrer, já quando estava tão fraca que dava dó, com olhos amarelados e sem brilho algum, pediu para que sua avó Zelma cuidasse de você, que fosse a sua mãe. Dona Zelma disse que não queria carregar este fardo e que estaria muito velha em sua juventude, Valentina. E, de fato, é! Eu achei que você deveria saber a verdade.

Ela não lhe queria! Praticamente disse que você era um fardo para ela carregar na velhice!

Valentina ouve toda aquela declaração exagerada e responde:

- Já estou cansada disso tudo. Sei que isso não é verdade! Minha avó me ama e é tudo que eu tenho, Heitor. Não brinque com uma coisa dessa! Por que está fazendo tudo isso?

Heitor olha para Valentina e recomeça sua fala carregada das piores intenções.

- Não, menina! Não me leve a mal, pois eu estou abrindo seus olhos porque gosto de você! Dona Zelma pode até lhe amar agora, verdade, pois já se acostumou com você. Mas, ela não queria ficar com você, entende?

Valentina tinha certeza do amor de sua avó e percebia que aquela mentira era algum plano de Heitor para que ela tirasse a atenção de seu grande desafio. E, mesmo não querendo, ela começa a chorar desenfreadamente em meio às palavras. O nó na garganta ia desatando à medida que a maldade ia aumentando.

- Eu não acredito em nada do que você está dizendo. O amor de minha avó é o sentimento mais puro que tenho nesse mundo. Nem você, nem pessoa alguma me fará ter dúvida disso.

Heitor ergue os ombros em desprezo e continua com uma voz de calma e cheia de intenções erradas.

- Você se tornou uma obrigação, um peso... Coitadinha da velhinha! Deve ser difícil sustentar e morar duas pessoas naquela casinha torta, caindo aos pedaços! Por isso lhe digo, voe! Voe para bem longe, Valentina! Você será muito feliz longe daqui.

Valentina ergue a sobrancelha em desacordo, mas responde educadamente.

- Tenho que ir, Heitor. Até mais!

- Valentina, só mais uma coisa, não se esqueça, este é o nosso *segredinho*! – fala o homem com uma voz infantilizada.

Arrasada, a menina vira as costas para o açougueiro e vai em direção para qualquer lugar longe dali. Após alguns segundos rindo por dentro e observando a cena, Heitor torna a chamar Valentina com seu ar provocador.

- Valentina, o peito de frango!

Ela faz o pagamento, pega o peito de frango e sai correndo na direção de sua casa.

Valentina acabara de receber mais uma punhalada em seu coração. O seu lugar seguro já não estava mais tão seguro assim. Desconsolada, mal acreditava nas coisas ruins que estavam acontecendo desde a noite passada até aquele momento. Com passos firmes e o coração acelerado, sentia suas mãos tremerem. Um calor invadia seu peito e uma sensação de que poderia desmoronar a qualquer instante a tomava de profunda decepção, envolvendo-a de forma dolorosa. Sua respiração estava tão ofegante que parecia ter corrido quilômetros até chegar à porta do quarto de costura.

Música 5
Desossando o Frango

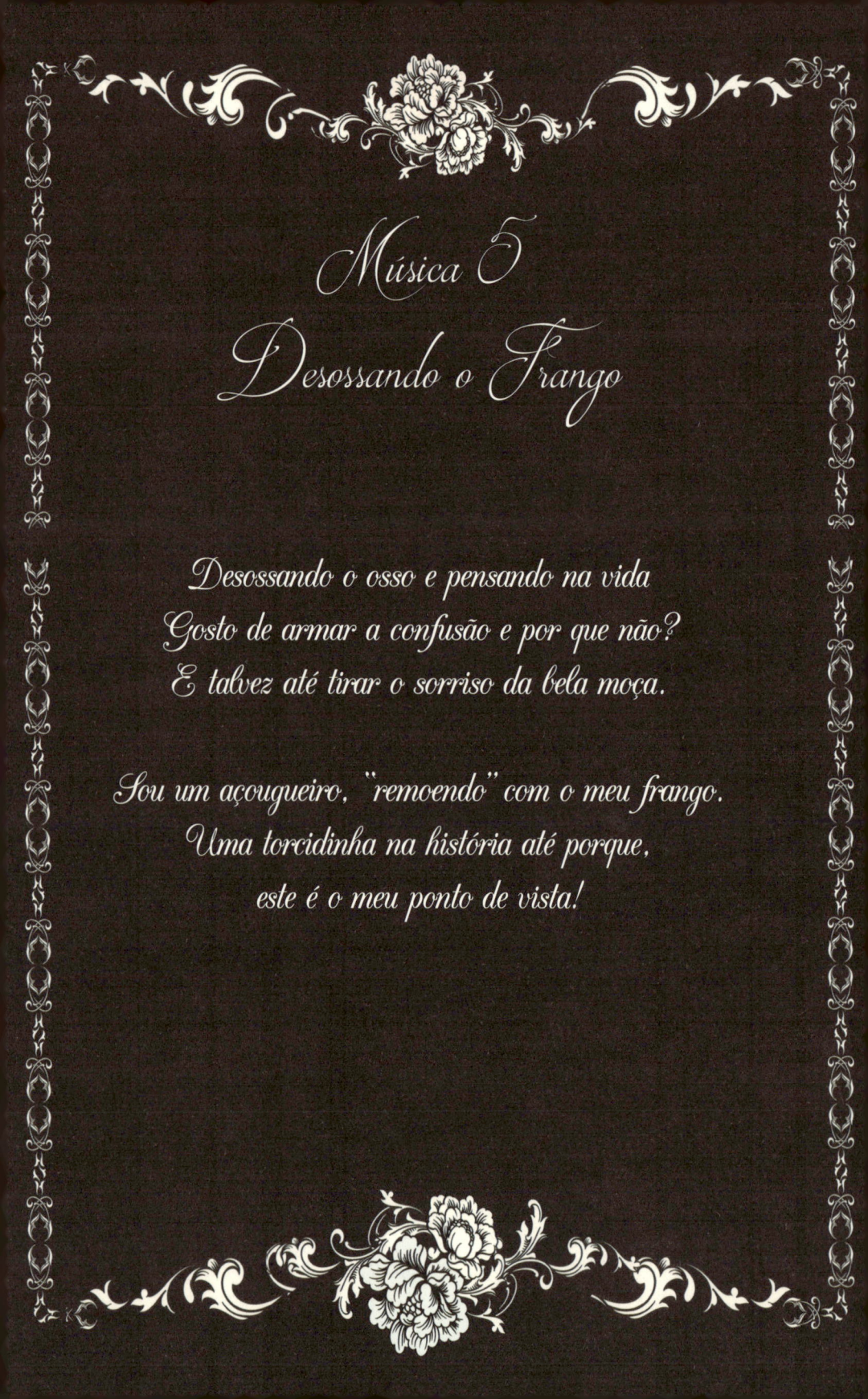

Desossando o osso e pensando na vida
Gosto de armar a confusão e por que não?
E talvez até tirar o sorriso da bela moça.

Sou um açougueiro, "remoendo" com o meu frango.
Uma torcidinha na história até porque,
este é o meu ponto de vista!

Tralalá matutando
Tralalá remoendo
Tralalá triturando
Lalalá ai meu dedo!

Que apontou pro outro...

Desossando o Frango

Nº 5

COMPOSIÇAO
Suelen Reinert

ARRANJO
Filipe Beyer

♩ = 140

Lyrics:
De-sos-san-do o os-so e pen-san-do na vi-da, gos-to de ar-mar a con-fu-são, e por-que não? E tal-vez a-té ti-rar o so-ri-so da be-la mo-ça. Sou um a-çou-guei-ro re-mo-en-do com meu fran-go. U-ma tor-ci-di-nha na his-tó-ria a-té por-que es-te é o meu pon-to de vis-ta.

Tra-la-lá, ma-tu-tan-do. Tra-la-lá, re-mo-en-do. Tra-lá-lá, tri-tu-ran-do.
Lá-lá-lá, ai meu de-do. Tra-la-lá, ma-tu-tan-do,
Tra-la-lá, re-mo-en-do. Tra-lá-lá, tri-tu-ran-do. Lá-lá-lá.

segue fala ator - ...ai meu dedo que apontou pro outro.

Lá estava ela, agora parada em frente à porta, tendo que enfrentar a dúvida de não ter sido amada e desejada pela sua única família. Então bate na porta e com a voz insegura diz:

- Vó...?
- Valentina, estava te esperando. Fique com os olhos fechados.
- Não, vó, depois. Preciso falar!
- Eu sei filha, já vi tudo o que houve. Agora coloque este pedaço de pano sobre os olhos e, aí sim, pode entrar. É uma ordem!
- Mas, vó! – tenta insistir a menina.

Sem cerimônias, a avó não dá ouvidos à neta e interrompe no instante seguinte:

- Já vendou os olhos? Está pronta?
- Sim, estou. - responde a neta um tanto quanto curiosa.
- Agora, somente escute: Valentina, não se preocupe com o que vestir, pois o Pai já nos providenciou. Agora pense, os lírios do campo, eles não trabalham, nem fiam, e o Pai Celestial os veste mais nobremente do que a Salomão em toda a sua glória. De igual forma, Ele veste a erva do campo, que hoje existe e amanhã é lançada no forno. Então, quem dera a seu filho ou sua filha, que Ele tanto ama? Tire a venda.

Valentina permanece em silêncio e com os olhos vendados, dá um passo e se aproxima. Com as mãos ela segura no rosto da avó e pergunta:

- Vó você, você me ama? A Senhora poderia me responder se fui algum tipo de peso quando minha mãe se foi? Você não teve escolha, não foi?
- De onde surgiram esses pensamentos?
- Quero ouvir vó, apenas isso! – insiste a moça.
- Tire a venda e olhe para mim, Valentina.
- Não consigo, pareço estar sem chão. Prefiro ficar com a venda.

Ainda vendada, Valentina começa a falar sem parar.

- A senhora é tudo que eu sempre tive, meu porto seguro, é perfeita pra mim, é a minha mãe! Hoje, quando fui à feira, Heitor contou-me que a senhora não queria ter me criado, que isso era um segredo de muitos anos. Disse também que eu seria um peso para a senhora, que você teve de aprender a me amar. E, a cada passo que dava, me perguntava por que alguém simplesmente diria todas essas coisas? Será que existe alguma verdade em meio a tantas maldades?

- Filhinha, nada, absolutamente nada disso tem algum fundo de verdade. Com certeza Heitor está tentando desestruturar você emocionalmente. Eu sempre te amei desde quando estava na barriga da sua mãe, e mesmo depois quando ela se foi. Dora me deixou uma herança valiosa, mais valiosa que um tesouro. Então ganhei vida, eu ganhei você, uma companheira e a única família que tenho.

Emocionada, a vó se declara:

- Eu-te-a-mo, meu tesouro! Nunca duvide do meu amor por você!

Valentina a abraça, segurando-a tão forte como se não pudesse perdê-la por nada. A avó em lágrimas, a beija no rosto inúmeras vezes e tira a venda da menina.

- Quero que veja uma coisa. Nada é impossível para que Deus não restaure. Pode olhar.

-Ah, meu Deus, como conseguiiiiiiiu? Que maravilhoso! E olhe esses brilhos!

- Ele é lindo, não é? O tintureiro disse que o melhor a fazer seria terminar de tingir o tecido. Foi então que eu tive a ideia de costurar bordados de renda dourada e em outras partes. Tive que improvisar um pouquinho com o que tinha, mas ficou uma obra de arte: tem pintura, costura e bordado. E dona Zelma deu um sorriso de canto.

- É muito mais lindo que os lírios com certeza! Muito obrigada, vó!

- Venha aqui... Olhe para mim, nunca esqueça eu te amo muito, minha neta. Também te amo, vó! Obrigada por ter costurado esse novo vestido.

- E escute: quando cantar, faça com toda pureza do seu coração. Deus não vê as coisas como o homem vê, Ele olha e sonda as profundezas dos corações. Seja verdadeira e Deus vai honrar você! Agora se arrume e vamos para a audição. Não quero que você se atrase.

86

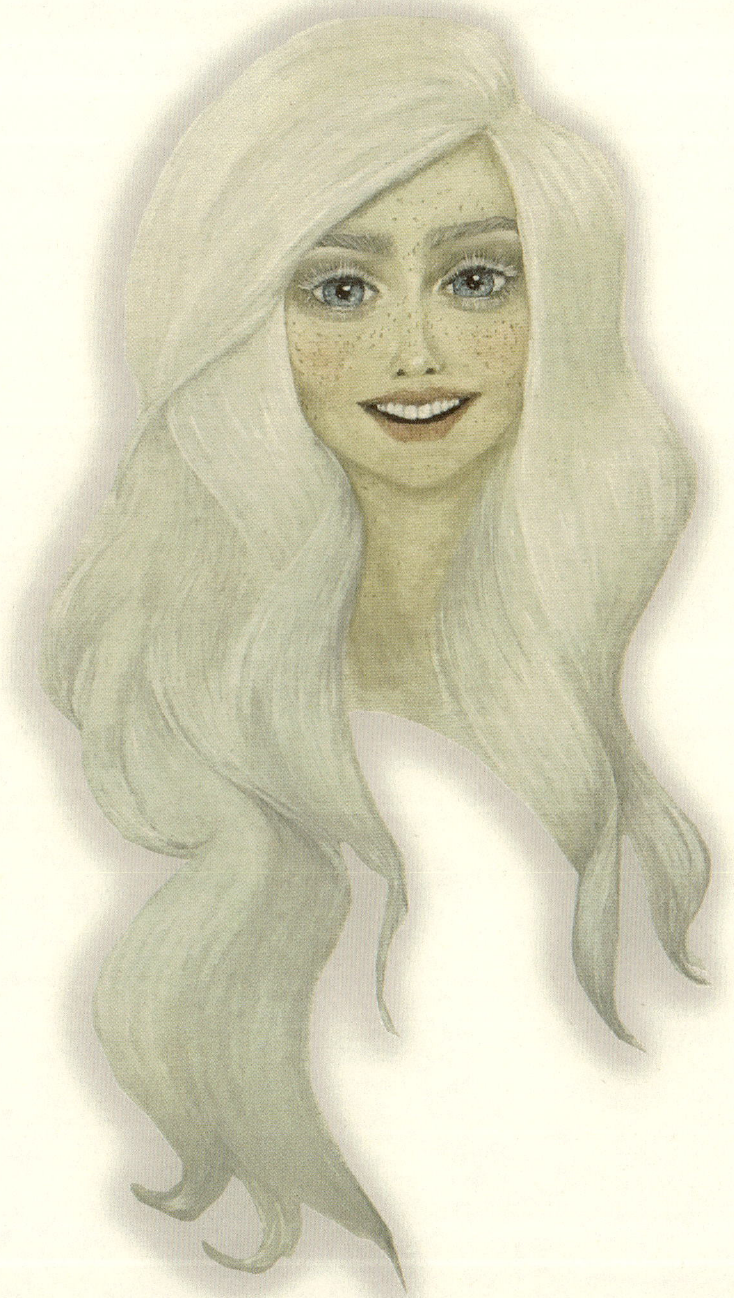

Capítulo 7

A Grande Audição

Pessoas viajavam de outras cidades e vilarejos, pois o tão esperado dia havia chegado. Finalmente Vale dos Lírios receberia o Rei e a expectativa era enorme. Havia uma grande festa que os aguardava e era comum especularem sobre a tal celebração. Muitos diziam que encontrariam um banquete cheio de frutas e belos pratos requintados em uma mesa tão grande e imponente que seria quase impossível ver seu fim. Seria num salão com grandes lustres e colunas douradas, dos pés até o topo do teto, e ah, é claro, aquele maravilhoso cheiro de *marshmallows,* chocolates e morangos pairaria no ar.

Todos que chegavam estavam muito bem vestidos e glamorosos com seus casacos de pele, chapéus, luvas e longos vestidos. E isso incluía Valentina, digna de pertencer à realeza.

Já as irmãs Congúmelas estavam envergonhadas porque não conseguiram se livrar das manchas de corante verde que estavam em sua pele. Até porque Charlye as ouviu contando da maldade e fez questão de impedi-las de tentar tirar as manchas – por isso escondeu qualquer recurso que elas poderiam usar para se limpar e falou para as irmãs:

- Essas manchas podem até sair, mas a maldade deixa marcas muito piores em quem a pratica.

ESTRUDEL

RARA

RAIVILA

Charlye olhou para Valentina e ficou feliz em ver sua amiga linda, brilhante e serena.

Porém, as três irmãs não acreditavam quanto Valentina parecia pertencer à própria realeza, pois o vestido em veludo verde com os bordados em dourado fez a menina ficar ainda mais bela. Ela brilhava por conta da alegria e da emoção de estar ali vivendo aquele momento, junto com a sua avó e seu amigo Concatino, que vestia uma linda capa de linho.

Da mesma forma que uma bailarina precisa de garra e esforço para expressar movimentos leves e delicados, para ser gentil e bondoso é preciso ter bom caráter e optar pela retidão. Foi assim que Valentina conseguiu encarar as meninas e cumprimentá-las com o olhar. Já, Concatino, passou pelas irmãs deu uma piscadinha de canto e sussurrou:

Belas manchas, meninas! Foram feitas à mão?

Charlye, ao ouvir a provocação de Concatino, sorriu sozinho porque para ele as irmãs precisavam pensar sobre o que haviam feito.

O que ninguém esperava é que, durante a maravilhosa festa na noite de Natal, as audições não aconteceriam como imaginavam.

Este Rei não era apenas um homem importante, coroado simplesmente por sua linhagem. Havia nele algo mais do que mágico, seu olhar era divino e espantoso ao mesmo tempo. Havia vida naquele olhar. Brilhavam m diferentes pontos de seus olhos.

Seria possível descrever os muitos fatores que faziam deste Rei alguém mais do que especial, mas nessa ocasião, o que impressionava a todos os convidados era que Ele era dotado de um dom muito mais valioso. Um dom que revelava os sentimentos e pensamentos de uma pessoa enquanto ela estivesse entoando uma canção. Mesmo as canções mais ensaiadas sairiam do trilho.

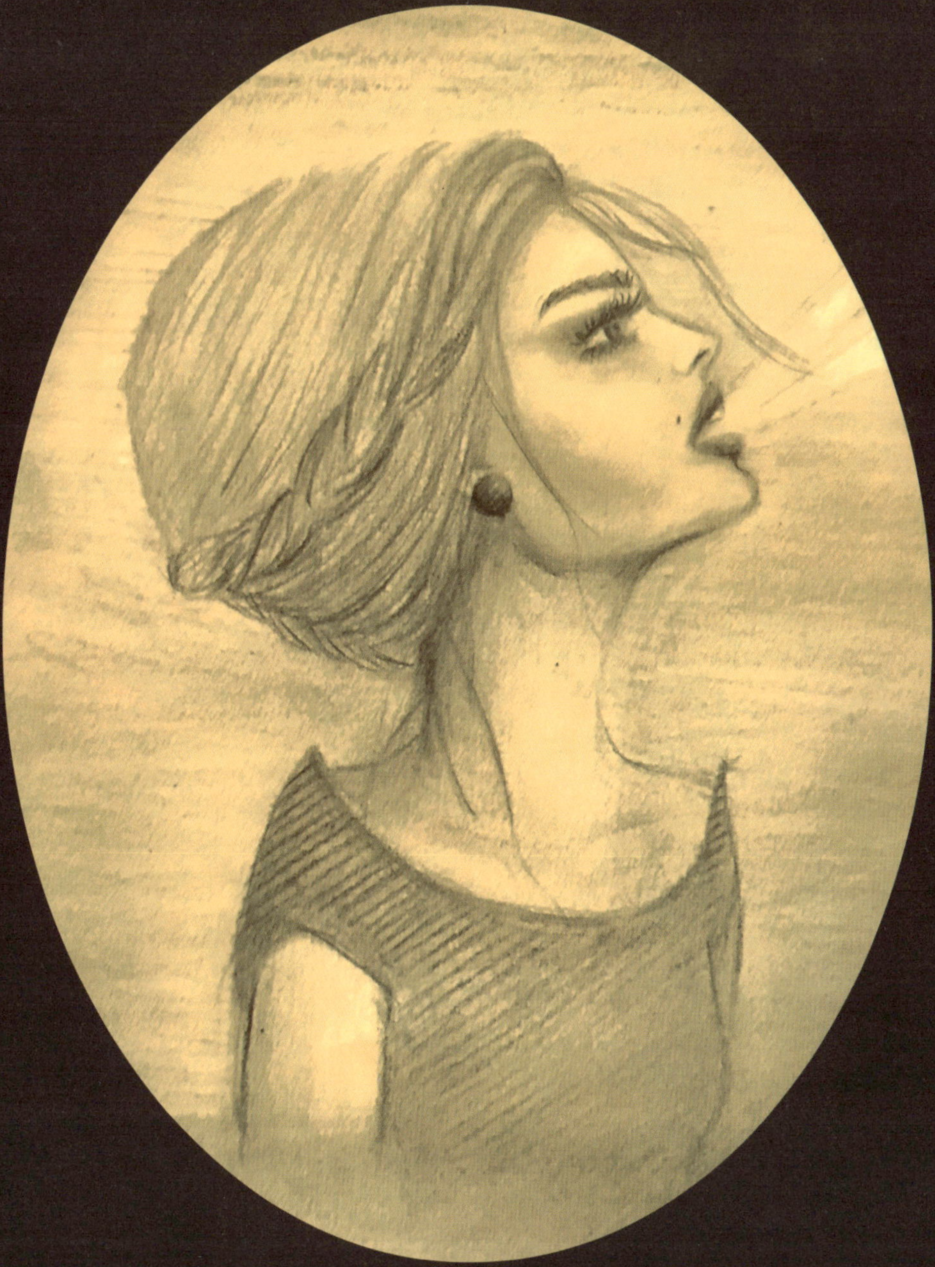

Os candidatos tentariam de toda forma cantar as músicas que tanto ensaiaram, mas os presentes ouviriam o que seria revelado, o que estava em seus corações. Canções inusitadas brotariam de suas almas e de suas mentes diretamente para suas vozes. Era desse modo que aconteceria. O Rei permitiria que todos naquela noite escutassem verdadeiramente o que as pessoas são por dentro. Nada ficaria oculto diante do Grandioso. Quem teria, além de uma bela voz, um bom coração? Era exatamente isso que Ele estava à procura.

Quem é que poderia ouvir e sondar o coração, senão o criador de quem os formou? Era Ele, o Rei dos Reis, o Criador dos homens, revelado como homem e também coroado.

Agora que estavam sentados, podia-se ver um público enorme. Ao toque da trombeta real, anunciando a entrada do Rei, todos ficaram em pé e o apresentador real anunciava sua entrada.

- Senhoras e senhores, chegou o grande dia! Os moradores do Vale dos Lírios conhecerão a Majestade, o Rei. Teremos primeiramente as apresentações da audição aqui no teatro do palácio e, após isso, será servido um maravilhoso jantar, além de uma surpresa do Rei após as audições. Comemoraremos todos juntos a Ceia de Natal. Sejam todos muito bem-vindos. Recebam agora, o nosso honorável Rei e sua comitiva. Abram-se os portais para que entre o Rei da Glória!

Conforme o Rei entrava, o povo aplaudia em pé, vibrava e acenava para o alto Rei de quase dois metros, com seu manto aveludado vermelho costurado com linhas de ouro. De longe, podia-se notar a singularidade de seus olhos e como seu semblante e sorriso transmitiam serenidade.

As pessoas queriam tocá-lo e o Rei, gentilmente, cumprimentava a todos. Segurava nas mãos e acenava dizendo: "Que a paz esteja com vocês".

A comitiva caminhava atrás, segurando grandes bandeiras nas cores roxo, vermelho, azul e amarelo. Em todas era possível observar a descrição: "Rei dos Reis". E o seguiram até Seu trono.

- Homenageando o Rei, iniciaremos com danças o espetáculo "O Voo dos anjos". - Dizia o apresentador da comitiva.

As pessoas estavam admiradas de como aquele Reino havia investido na mais fina arte, pois os melhores artistas pareciam estar lá. Dizia-se entre os espectadores: "Jamais assistimos algo assim".

O corpo de bailarinos estava acompanhado do som de uma linda orquestra. Nunca haviam visto uma dança aérea com vestidos brancos de voil, neles estavam costurados longas penas brancas. Os bailarinos tinham maquiagens e cabelos na cor platinada. Era lindo de se ver!

Ao fim da dança, os olhares de cada pessoa presente estavam paralisados, tamanha a surpresa. Mas, era só o começo, e o apresentador real voltou a falar:

- Conheceremos agora as belas vozes do vilarejo de Vale dos Lírios e das cidades vizinhas. E, atenção, não considere sua aparência nem sua altura. O nosso Senhor e Rei não vê como o homem, o homem vê a aparência, mas o Rei vê o coração. Vamos aos primeiros participantes desta noite. Com vocês, as irmãs Rara, Ráivila e Estrudel!

Música 6
The Best

Rara - Eu sou the Best
Sou a melhor
Quando caminho na rua
todos olham mim.
Eu sou metida sou arrogante,
Eu sou the Best

Ráivila - Não! Eu sou a melhor
Saia, é a minha vez
Eu sou a melhor!
Eu sou a the Best
Sou muito brava,
Sou tão mandona,
Ninguém manda em mim.

Sou tão temida, maravilhosa,
Todos têm medo mim!

Estrudel - Não, não, não, não!
Agora é a minha vez!
Eu sou The Best
Quero o que é dos outros
Então pego para mim.
Gosto de enganar, trapacear e mentir.

Aliás! Que mal faz uma mentirinha!
Eu nem minto!
Ráivila - E eu nem sou tão mandona!
Rara - Arrogante, eu?
A gente pode cantar de novo?

The Best
Nº 6

COMPOSIÇAO: **Suelen Reinert**

ARRANJO: **Filipe Beyer**

♩ = 127

Eu sou The Best, sou a me- lhor quan-do ca-mi-nho na ru- a, to-dos o-lham pra mim. Eu sou me-ti- da, sou ar-ro-gan- te, eu sou The Best.

Não, eu sou a melhor. Sai, é a minha vez!

Eu sou The Best, sou mui-to bra- va, sou tão man-do- na nin-guém man-da em mim. Sou tão te-mi- da, ma-ra-vi-lho- sa. To-dos tem me-do de mim.

Não, agora é minha vez!

RALL.

Eu sou___ The Best. Que-ro o que é dos ou- tros en-tão pe-go pra mim.___ Gos-to de en-ga- nar, tra-pa-ce- ar e men-tir.

Aliás, que mal faz uma mentirinha. Eu nem minto. Eu nem sou tão mandona assim. Arrogante? Eu?

A gente pode cantar de novo???

- Por favor! Volte agora a música! - ordena Rara, enfurecida.

- Definitivamente não foi assim que ensaiamos! – disse Ráivila, confusa com aquela situação.

- Não pode ser! Cantei coisas horríveis! Simplesmente saíam de mim. – disse Estrudel, mais perdida que as irmãs.

- Não sei o que aconteceu conosco. Falamos coisas feias e eu sou uma pessoa muito boa! – tenta justificar Ráivila, ao ver o espanto do público.

-Tudo bem. Tudo bem, mas infelizmente, não. Vocês tiveram a sua oportunidade, meninas, agradecemos por terem participado! - Interrompeu o apresentador.

- Vamos ao próximo candidato. Ricardo, O Rico:

Música I
Ganância

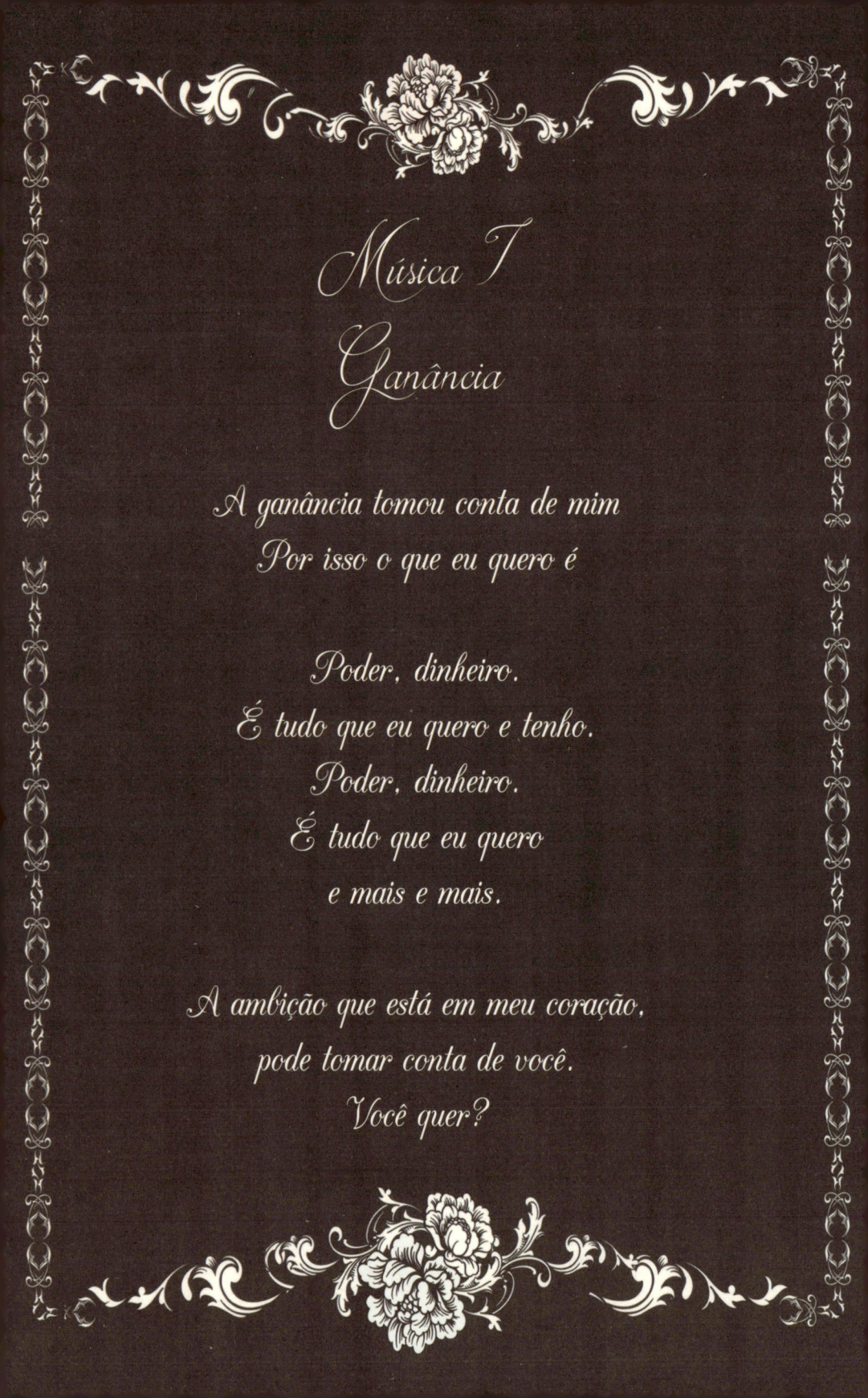

A ganância tomou conta de mim
Por isso o que eu quero é

Poder, dinheiro.
É tudo que eu quero e tenho.
Poder, dinheiro.
É tudo que eu quero
e mais e mais.

A ambição que está em meu coração,
pode tomar conta de você.
Você quer?

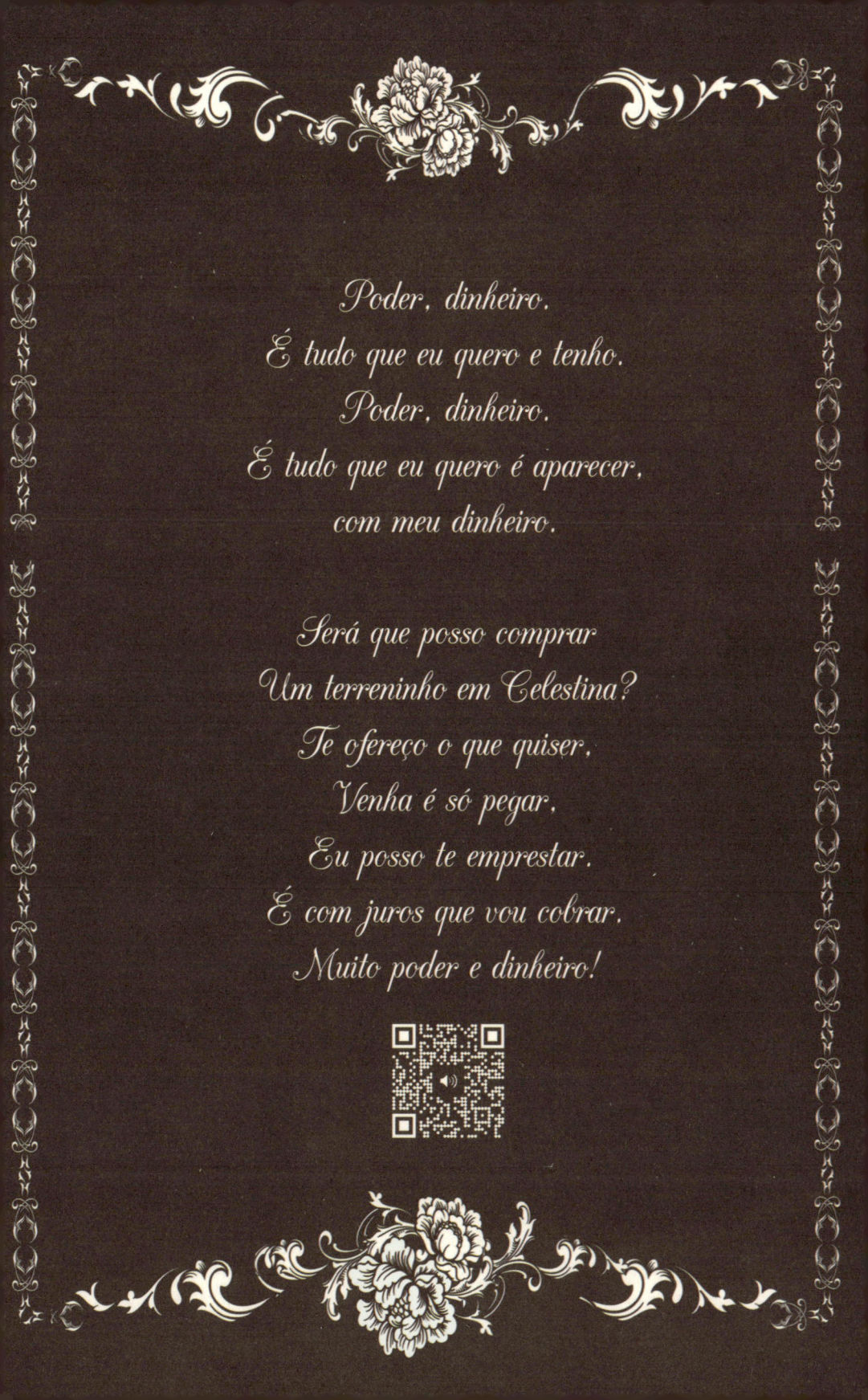

Poder, dinheiro.
É tudo que eu quero e tenho.
Poder, dinheiro.
É tudo que eu quero é aparecer,
com meu dinheiro.

Será que posso comprar
Um terreninho em Celestina?
Te ofereço o que quiser,
Venha é só pegar,
Eu posso te emprestar.
É com juros que vou cobrar,
Muito poder e dinheiro!

Ganância

Nº 7

COMPOSIÇÃO
Suelen Reinert

ARRANJO
Filipe Beyer

♩ = 124

tu-do que eu que-ro e te-nho. Po-der di-nhei-ro, é tu-do que eu que-ro e mais e mais. A am-bi-ção que es-tá em meu co-ra-ção po-de to-mar con-ta de vo-cê. vo-cê quer? Po-der di-nhei-ro é tu-do o que eu que-ro e te-nho. Po-der di-nhei-ro é tu-do o que eu que-ro, é a-pa-re-cer com meu di-nhei-ro. Se-rá que pos-so com-prar um ter-re

42 F | E7(#5) | Dm | E7(#5)

ni-nho em Ce-les-ti-na.___ Te o-fe-

45 Dm | E7(#5)

re-ço o que qui-ser, ve-nha é só pe-gar. Eu pos-so te em pres-tar,

48

é com ju-ros que eu vou co-brar.

49 Am | E(#5)/G# | C/G | D/F#

Mui-to po-der e di-nhei

53 F7 | E7(#5) | Am

-ro-o_____ "miau"

- Não foi bem isso que ensaiei. Mas, caso o Senhor queira, podemos negociar uma boa quantia para ajudar nas despesas do palácio. - argumenta Ricardo, O Rico.

O Rei ouviu inúmeras pessoas aquela noite. Todos os candidatos se esforçaram muito, buscando mostrar aquilo que achavam que tinham de melhor. Tentavam convencer o Rei que eram bons e que mereciam uma chance de viverem em Celestina. No entanto, nenhum deles tocou o coração da Majestade. Através das canções, os cantores mostraram as suas verdadeiras intenções e revelavam como faltava pureza no seu interior . Faltava-lhes pureza na alma.

- Vamos à nossa última cantora da noite. Com vocês, Valentina! - Anunciou o apresentador, novamente.

Valentina subiu no palco e, ao chegar mais perto do Rei, ela lentamente se curvou diante dEle. Aproximando-se um pouco do Rei, ela pode observar que a íris dos Seus olhos eram como um fogo em constante movimento. Brasas que ardiam, como em uma fogueira quando se joga uma grimpa de um pinheiro. De forma alguma era algo ruim, mas eram olhos flamejantes de amor

Ao iniciar a música de Valentina aconteceu algo mágico, como que um milagre, os anjos começaram a entoar sons e vozes à medida que a menina ia cantando como se fosse revelado para eles um mesmo pensamento, uma mesma voz.

Perplexa, Valentina perguntava se a música que cantara era deles, como poderia? Toda a beleza que via diante de seus olhos era expressada ali para todos. Valentina podia sentir seu espírito livre e, ao mesmo tempo, conduzido exageradamente alegre e envolvido de um amor que não cabia em sua mente humana.

As preocupações e as acusações, dores e feridas que perseguiam os pensamentos da menina voaram para bem longe, experimentou uma cura instantânea no momento em que abriu a boca para cantar a primeira palavra.

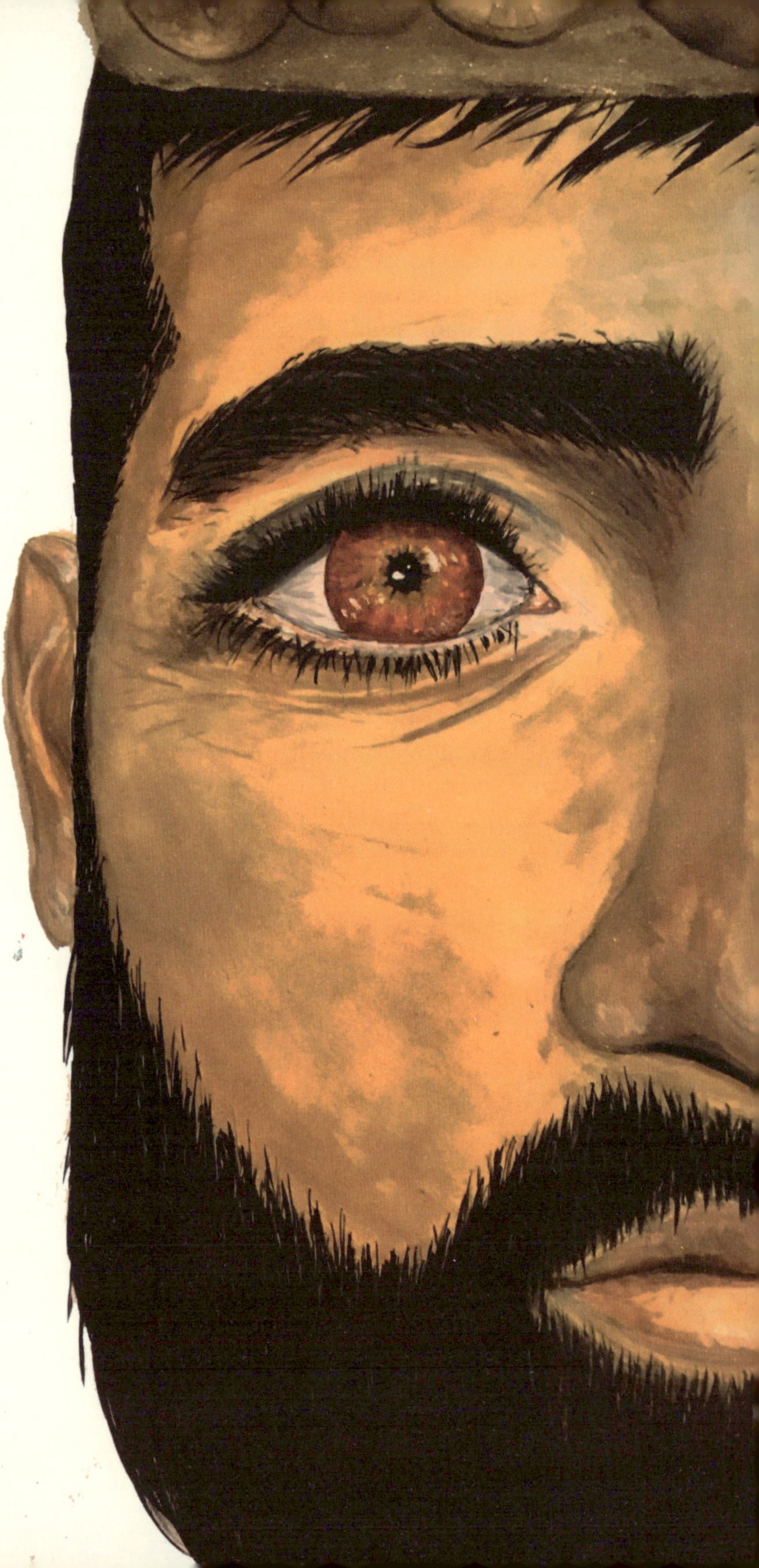

Música E Fogo Puro

A íris dos olhos do Rei
É chama acesa que queima de amor
Olhos fixos nos Teus
Quero refletir a glória. Que é só Tua!

Fogo Santo, fogo puro
Faz arder bem aqui dentro
chama que não se apaga
Faz queimar, Oh Rei
Purifica-me, Senhor

És tão puro de coração,
quem chegará ante a Ti?

Fogo Puro

Nº 8

COMPOSIÇÃO
Suelen Reinert

ARRANJO
Filipe Beyer

♩. = 58

A A(SUS4) A A A(SUS4) A

C C

A A(SUS4) A A A(SUS4) A   **ESTROFES** A   /G#

A í-ris dos o-lhos do Rei é cha-ma a

D/F# F#m7 G9 C

ce-sa__ que quei-ma de a-mo____ or. O-lhos fi-xos nos Teus,

/B F/A Am7 C/G G C/E F

que-ro re-fle-tir a gló-ria que é só Tu-a. Fo-go San-

REFRÃO - 1.A VEZ SEM BATERIA

C/E F Am7 F C/E C G/B Am7 G C/E F

to, fo-go pu-ro, faz ar-der bem a-qui den-tro. Cha-ma que não se a

C/E F Am7 F C/E Am7 G(SUS4) G

pa-ga faz quei-mar óh Rei. Pu-ri-fi-ca — me.

FINAL

Eb9 Bb9/D Cm7(ADD11) /G Ab9

És tão pu-ro de co-ra-ção.__ Quem che-ga-rá a Ti.

RIT.

Um silêncio tomou conta do salão. Quando percebeu, Valentina estava prostrada, com os braços abertos e com a face ao chão, diante do Rei e podia sentir o chão gelado encostar-se à ponta do seu nariz. Conseguia ouvir as batidas do seu coração e tinha a sensação de que ele sairia a qualquer momento pela boca. Era uma mistura de sentimentos e sensações de ter revelado aquelas lindas palavras para o Rei. Ela estava diferente, e sentia que estaria assim pra sempre. Amor, satisfação e emoção permaneciam guardados dentro do peito, ela não entendia como podia ter cantado tudo aquilo, mas era algo bom. Agora todos olhavam para a Majestade em Seu trono, esperando alguma reação.

Foi então que Valentina e todos os presentes puderam perceber uma presença que aquecia tudo ao redor. Todo aquele ambiente foi tomado de um clima divinamente maravilhoso. Nem as pedras que revestiam a sala conseguiam ser frias. Alguma coisa ergueu seu queixo do chão e levantou suavemente seu rosto. Era o Rei, Glorioso. Era como uma esfera de amor que a envolvia como ela jamais havia experimentado antes. Quando olhou para os olhos do Rei, eles haviam simplesmente mudado, de um fogo ardente ficaram, aos poucos, azulados até se parecer com um mar cristalino e profundo, com as águas de um infinito que qualquer um desejaria mergulhar e receber mais daquela paz.

- Valentina, como é bom o som que sai de você.

- Obrigada, Majestade! Acredito que recebi esse dom de Deus e sou grata a Ele, mas isso que aconteceu foi mágico! O Senhor reina com justiça e não nega ajuda àqueles que o procuram. Glórias ao Rei! Decidi vir aqui demonstrar a minha gratidão com o que tenho de melhor e me colocar à disposição para servi-Lo, seja cantando ou no que for útil em Seu reino.

- Valentina, aquele que vier e confiar toda a sua vida a mim, eu o levarei comigo.

Então, inesperadamente, o Rei começa a cantar:

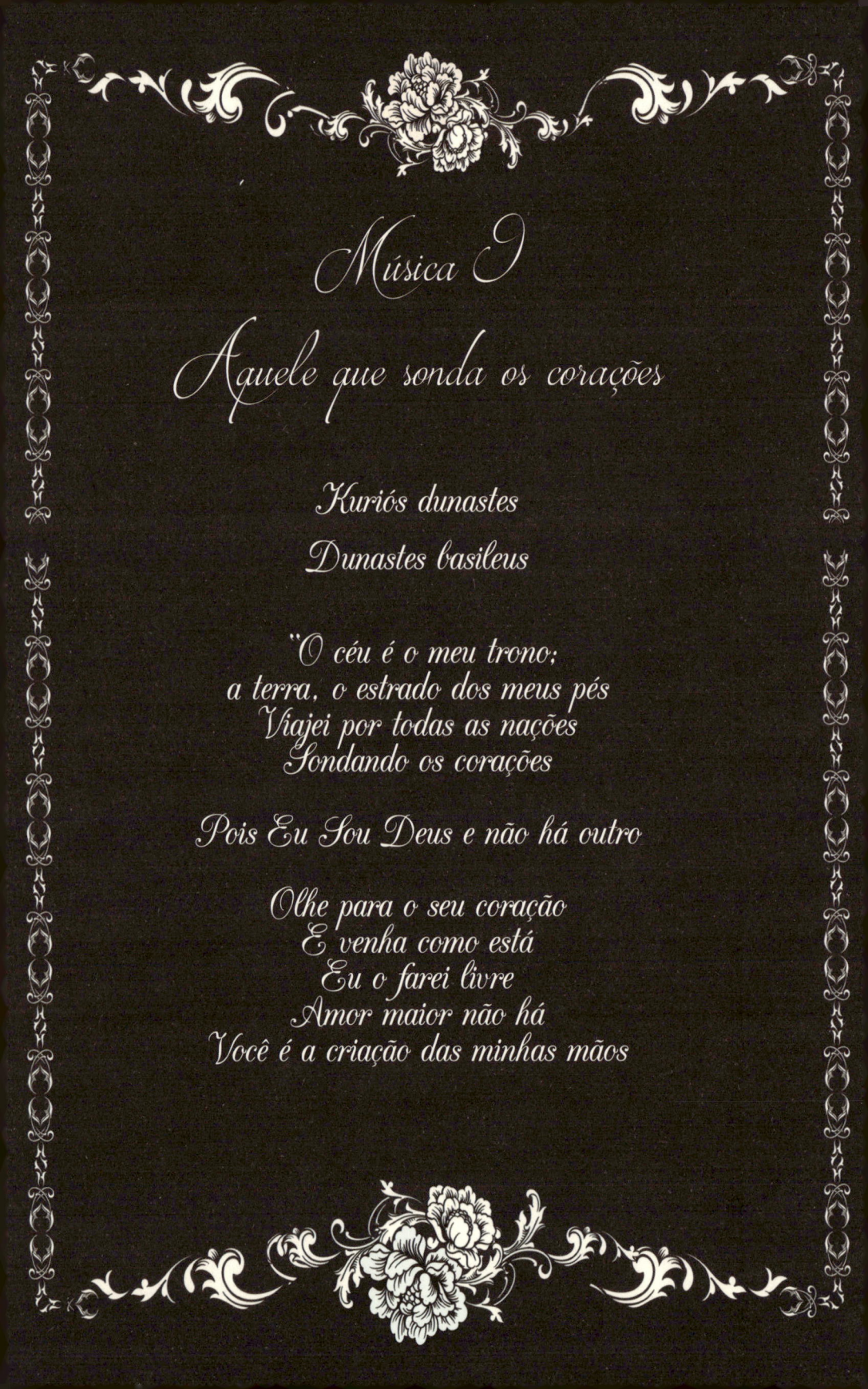

Música I
Aquele que sonda os corações

Kuriós dunastes

Dunastes basileus

"O céu é o meu trono;
a terra, o estrado dos meus pés
Viajei por todas as nações
Sondando os corações

Pois Eu Sou Deus e não há outro

Olhe para o seu coração
E venha como está
Eu o farei livre
Amor maior não há
Você é a criação das minhas mãos

Eu sou Jesus
Eu sou o caminho
É verdade o que digo
Há uma eternidade pra viver
Abra o seu coração
Que maravilhosa Graça
vai experimentar
Ao confiar em mim

Aquele Que Sonda os Corações

Nº 9

COMPOSIÇÃO
Suelen Reinert

ARRANJO
Filipe Beyer

♩ = 122

[INTRO - TAMBORES]

[ENTRA BANDA]
E B/E E   E B/E E   G A/G G

"KURIÓS DUNASTIS, DUNASTIS BASILEOS"
Cm F/C Eb   E B/E E

[ESTROFES]
E   E   B/E   E
céu é o meu tro - no,___ A Ter-ra o es tra-do dos___meus pés.___

E   E   B/E   E   /F#
Vi - a jei por to-das as___ na - ções. son-dan-do os co - ra - ções.___

G   [***OPÇÃO FALADO] C/G G D/G G   E9
Pois eu sou Deus___ e não há ou - tro.___

[ESTROFES]
E   E
O-lhe pa-ra o seu co - ra-ção   e ve-nha co-mo es-tá.___

Eu o farei livre. Amor maior não há.

Você é a criação das minhas mãos.

Eu Sou Jesus, eu Sou o caminho verdade o que digo. Há uma eternidade pra viver.

Abra o seu coração, que maravilhosa Graça vai experimentar ao confiar em mim.

Eu Sou Jesus, eu Sou o caminho verdade o que digo. Há uma eternidade pra viver.

Abra o seu coração, que maravilhosa Graça vai experimentar ao confiar em mim.

O Rei agora se volta em direção às cadeiras do público em geral e continua:

- Muitos de vocês não puderam entender o que o Meu anúncio dizia. Estava escrito: "A Grande Audição: A Voz do Coração". Por mais que vocês se esforçassem, não poderiam me apresentar nada além daquilo que vocês realmente são. A voz que veio do coração de vocês me mostra isso, pois a boca só expressa daquilo que está cheio o coração. Enquanto vocês estavam preocupados em eliminar os outros candidatos, não perceberam que o meu objetivo não é escolher um vencedor, mas fazer com que vocês entendam que para estarem comigo em Celestina é preciso apenas aceitar aquilo que Eu tenho para lhes dar.

Eu lhes digo: "Venham a mim como vocês estão, com aquilo que vocês têm", mas vocês tentam me convencer de que merecem algum prêmio, que pelo seu próprio esforço e dedicação poderão conquistar um lugar no Meu Reino. Entendam, Eu sou o único que pode determinar se vocês entrarão no Reino ou não. E eu não nego nenhum daqueles que vêm até mim, pois estes reconhecem que precisam de mim e aceitam aquilo que eu tenho para lhes dar de graça. Eu perdoo vocês por todos os erros que cometeram. Eu lhes dou uma nova oportunidade. Se vocês estiverem realmente arrependidos das coisas que fizeram, quiserem abrir mão do que vocês têm e confiarem as suas vidas aos meus cuidados, venham comigo! Eu tenho um grande banquete esperando por vocês no meu Palácio.

Algo ali estava sendo mais do que dito, mas sendo revelado àquelas pessoas. Era um convite que se estendia a todos que quisessem naquele momento viver nas moradas celestiais, ou melhor, em Celestina. Bastava apenas que cada um entregasse seu coração e confiasse sua vida ao Rei. Mas, para alguém ardiloso e competitivo como Heitor e suas sobrinhas isso era inconcebível. Como era possível que todos ganhassem somente *uma* disputa?

Então, o indignado Heitor, põe-se em pé com ar de revolta e grita:

- Isto é *inaceitável, inescrupuloso, inconcebível!*
- Heitor, não se esqueça, este convite se estende a você e a sua

família também.

- Como sabe meu nome? Além do mais, não entro em competições nas quais qualquer um pode vencer.

Rara, muito furiosa por ter feito uma péssima audição, contribui para a indignação do tio:

- Ainda mais quando alguém como a pobretona da Valentina que vive numa casa torta e caindo aos pedaços agrada aos seus ouvidos!

Heitor interrompe, antes que mais alguém pudesse falar:

- Basta! É o que tenho para dizer perante todos os que vivem em nosso vilarejo. Vamos sair daqui! Como pode alguém ter tantas moradas assim? Abram os olhos! Vamos, meninas!

Logo que começam a sair, Estrudel e Ráivila permanecem sentadas em seu lugar não concordando com o que viam. Rara reprimiu-a dizendo:

- Venha, Estrude, Ráivila! Agora! – diz Rara, dando uma ordem.

- Nós iremos ficar Rara e você também deveria. Diz Ráivila surpreendendo a todos. Talvez por sempre sofrer com sua falta de paciência e a raiva que acendia a cada instante pode sentir algo diferente, já nem se lembrava mais há quanto tempo não sentia a paz que jamais se compararia a que estava sentindo.

- Gostaria muito de ficar! Por favor, fiquem e me permitam ficar! Implora Estrudel

Nisso Charlye se aproxima da irmã e diz:

- Estrudel, eu também vou ficar. Você pode ficar comigo.

Naquele momento todos os presentes haviam percebido o quão errados estavam. Parecia que estavam de frente a um espelho, no qual podiam ver como estavam invertidos os seus valores.

Heitor não se importou muito com a decisão das meninas e de Charlye e disse:

-Se é o que vocês querem, então fiquem. São três bocas a menos para alimentar. E mais, não queremos perdedores bondosos em nossa família!

- Mas, tio...? – tenta argumentar Estrudel por ter sido intimidada pela ameaça do tio.
- Sem "mas". Você sempre foi sem personalidade, sua medrosaaa! Diz ele, tentando coagir a menina.

Nessa hora, num movimento automático, Estrudel olha para Charlye, corre até Valentina e exclama:
- Perdoe-me, Valentina! Sei que fui muito rude! Ráivila também se dirige a Valentina para se retratar

Valentina percebe a sinceridade que vinha da voz de Estrudel e Ráivila. Era a primeira vez que as via falar dessa forma, com um tom de arrependimento.
- Mas, é claro, Estrudel, Ráivila, Charlye, Conca e todos que quiserem! Ficaremos juntos!

O Rei vendo o que se passava, pronunciou aos demais:
- Alguém mais vai com eles? O tempo se esgotará em poucos minutos!

Algumas pessoas se levantaram e foram resmungando com Heitor e Rara:
- Eu concordo com o Heitor. Não vou ficar nesse lugar.

Outros diziam:
- Realmente, é um absurdo! Deveriam ser apenas um, dois, ou três vencedores no máximo!
-Eu ainda acho que minha filha é quem foi melhor! Injusto!
- Música como a do Ricardo Rico não teve!

E assim foram murmurando para fora do auditório do vilarejo Vale dos Lírios.

Então, algo surpreendente começou a acontecer naquele momento, uma grande porta que havia atrás do palco começou a abrir. Era uma porta de uns sete metros de altura. O Rei se dirigiu ao povo e disse em alta voz:
- Estou feliz que tenham ficado, pois preparei um lugar maravilhoso para todos vocês. Nem olhos viram, nem ouvidos ouviram, nem se cogitou em mente humana as coisas que vocês verão agora. Sejam todos muito bem-vindos às bodas do cordeiro!

Então Valentina, Dona Zelma, Concatino e todos os outros seguiram em direção à luz que vinha através das portas da sala do banquete. Ao entrar a última pessoa, o Rei fechou a porta e um grande barulho fez tremer a terra. Os que ficaram no vilarejo foram tomados de medo e remorso.

Tempos depois, Rara ficou reflexiva, talvez pela falta dos irmãos, então adquiriu o costume de se sentar dentro do pequeno auditório Vale dos lírios na esperança de, quem sabe, aqueles portais se abrirem novamente. Perto de onde ficava o portal Rara se sentava e, encostando os seus ouvidos na parede, ela podia ouvir os sons e ficava imaginando como seria se ela estivesse lá, mas isso nunca aconteceu.

Mesmo depois de muitos anos, quando já não existia o auditório, os que hoje passam por ali, podem ouvir de longe, ao se concentrarem, o som das músicas e risadas da grande festa que ainda permanece.

Eles todos foram felizes eternamente...

Suelen Reinert Vieira, conhecida carinhosamente por Su. É nascida e crescida em Curitiba, Paraná Já é escritora de contos e peças de teatro há anos, mas esse é o seu primeiro livro. Todas as músicas que você vai ouvir aqui e as ilustrações que vai ver foram feitas por ela!

Casada com Carlos Nápoli e mãe das filhas gêmeas, Alice e Ana.

Graduou-se musicista com Licenciatura em Música e Formação em Canto Lírico pela Escola de Música e Belas Artes do Paraná (EMBAP), e também é graduada em Teologia pelo Instituto Teológico Quadrangular.

Serve como Pastora auxiliar em tempo integral na Primeira Igreja Quadrangular de Curitiba e junto com o Carlinhos.

Além de tudo é vocalista e compositora na banda Indelével.

Uma coisa importante sobre ela é a paixão por obras missionárias, sempre que tem uma oportunidade serve com essas iniciativas, inclusive já cooperou com trabalhos na Colômbia, Equador, Itália e Paraguai

Sigam Suelen nas redes sociais:

@suelenreinert

@indelevelbanda

@aquelequeouveavozdocoracao

CENÁRIO 1

CENÁRIO 2

LIVRARIA

CENÁRIO 3

SOLISTAS

Fernanda Walesko (Valentina)
Música 1: Comunicado Real
Música 3: Santo
Música 4: Fiel Amigo
Música 8: Fogo Puro

Sara Ruana (Ráivila)
Música 2: Você Não Pode!
Música 6: The Best

Suelen Reinert (Rara)
Música 2: Você Não Pode!
Música 6: The Best

Evilyn Rauen (Estrudel e Vó Zelma)
Música 2: Você Não Pode!
Música 4: Fiel Amigo
Música 6: The Best

Felipe Toledo (Heitor)
Música 5: Desossando o Frango

Carlos Nápoli (Rei)
Música 9: Aquele que sonda os corações

Hendrix Reinehr (Ricardo, o Rico)
Música 7: Ganância

FICHA TÉCNICA

Produção Musical
Suelen Reinert e Filipe C. Beyer.

Arranjos, captação e mixagem:
Filipe C. Beyer por Estúdio Filiperama.

Cantores principais:
Fernanda Walesko (Valentina)
Sara Ruana (Ráivila)
Suelen Reinert (Rara)
Evilyn Rauen (Estrudel e Avó Zelma)
Felipe Toledo (Heitor)
Carlos Napoli (Rei)
Hendrix Reinehr (Ricardo, o Rico)

Coro
Sara Ruana, Evilyn Rauen, Suelen Reinert, Carlos Napoli, Gabriel Baum, Wesley Castro, Emily Ribeiro, Carolina Massocatto

Instrumentistas
Violão: Carlinhos Napoli (música 8)
Baixo Acústico: Hemerson Vieira (música 5)
Baixo Elétrico: Felipe Rizzardi (músicas 6, 7 e 8), Bruno C. Beyer (música 9)
Sax Tenor: Marco Costa (música 6)
Bateria: Ernani Pitty

Cello: João Lopes (música 9)
Guitarra: Abner Costa (música 7 e 9)

Ilustrador
Suelen Reinert
Mavi Carneiro (Capa)

Diagramação:
Rogério Proença

Revisão:
Priscila Aguiar Laranjeira

Equipe Editorial
Cláudia Cabral
Drª Karina Paludo,
Renata Napoli e
Eliel Araujo
Renata Rocha

Design de Cenário
Beatris Batistão

AUDIOBOOK

Olavo Cavalheiro

Entre seus trabalhos mais conhecidos estão o premiado musical "Quase Normal"; o primeiro filme da Disney no Brasil: "High School Musical - O Desafio", do qual foi protagonista e, dublagem do personagem Hans para o filme Frozen e do Andy para Toy Story 3, ambos da Disney. @olavocavalheiro